Marion Quantin

W0243676

Ton cadavre exquis

Roman

P.O.L
33, rue Saint-André-des-Arts, Paris 6e

© P.O.L éditeur, 2026
ISBN : 978-2-8180-6557-0
www.pol-editeur.com

À mes sœurs, mes enfants et maris
À Jean-Jacques Bonamour du Tartre

Le deuil soulignait sa beauté comme une indécence.

Georges Bataille

La salle de thanatopraxie, ma table de travail en métal, une housse mortuaire sur un brancard, un corps. Je me demande ce que je fous là alors que j'ai bataillé pendant des mois pour convaincre ma famille et mes collègues que c'était à moi d'embaumer mon père. Il fait plus froid que d'habitude.

Tu es mort cette nuit. Tu n'es pas décédé. Je tiens aux mots et à leur sens. Le goût de la nuance est une chose tant oubliée et avec elle s'en va l'effort pour toucher du doigt une intouchable sensation. Alors, je prends soin des mots comme je prends soin des morts. J'y trouve un lien, les mots n'étant que des lettres mortes qu'on aligne pour en faire une langue vivante, destinée à ressusciter une émotion, une pensée qui s'affole, un éclair de vérité absolue mais que nous ne pourrons jamais saisir. Mort ou décédé ne veulent pas dire la même chose. Mort vient de *mors*, « mourir » ; décédé de *decedere*, « sortir de la vie ». Tu es mort mais tu n'es pas sorti de la vie. Tu es encore dans la mienne et dans celles de tous ceux qui pensent et penseront à toi ou qui n'y penseront jamais mais auront reçu quelques cadeaux ou fardeaux en héritage. Tu passes de la vie à la mort comme on passe un flambeau au prochain.

Je ne te toucherai plus demain, nous ne créerons plus d'images ou de nouveaux souvenirs, mais que voulait dire « vivant » quand tu respirais encore ? Je n'ai jamais éprouvé ta vie. Je l'ai devinée, inventée, fantasmée et quand je pensais à toi, comme quand je pense aux autres, n'êtes-vous pas déjà des fantômes puisque vous ne vivez que de ma mémoire ? Être et rester un fantôme pour les autres. J'aime cette continuité et me rappelle cette phrase magnifique lue sur une plaque d'un immeuble des bords de Seine où Jankélévitch a vécu : « Celui qui a été ne peut plus désormais ne pas avoir été : désormais ce fait mystérieux et profondément obscur d'avoir vécu est son viatique pour l'éternité. »

Aujourd'hui, rares sont les personnes qui viennent se recueillir sur leurs morts. Ils ne meurent plus dans leurs foyers et tout est savamment organisé pour cacher le plus vite possible leurs cadavres aux yeux de ceux qui restent. Les heures de veillée entouré des proches qui partagent leurs larmes, les anecdotes avec pour doux arrière-fond sonore le rire des petits cousins qui se retrouvent par la même occasion ont été remplacées par des heures à choisir le plus beau cercueil sur catalogue. Pour ne pas troubler les familles, on se dirige vers des termes comme trépas, repos ou sommeil éternel, défunt ou encore l'absurde « disparu ». Mais que vaut une vie sans trouble ? Ce serait une vie sans désir, sans amour, sans risque, sans lien et sans rien, et le mort n'est pas une coquille vide.

On emmène ses parents au départ du train qui les ramène chez eux après un week-end en famille, on aide les enfants qui pourtant nous échappent à monter les cartons dans leur première chambre de bonne, on débite en bûches l'arbre que l'on a tant aimé quand il se dressait fièrement dans le jardin, on embrasse une dernière fois un amour qu'on quitte. Savoir dire au revoir, même si ce n'est pas pour toujours, c'est vivre la tristesse, la séparation, sans nier l'existence de l'autre pour y échapper. On les aime assez pour le supporter. Ne pas prendre soin, ne pas dire adieu à ses morts, c'est les laisser seuls et c'est se retrouver soi-même dans une angoissante solitude. Ne pas voir, ne pas dire vraiment, ce n'est pas éloigner la mort. Ne pas voir, ne pas dire vraiment, c'est se priver d'une tendresse que même les morts peuvent nous apporter. Ne pas prendre soin de vous en bâclant les rituels qui entourent ce passage, c'est ne pas prendre soin des vivants. Oublier, c'est nier une partie de notre existence, et nier une partie de notre existence, c'est nous déshumaniser.

Aujourd'hui, je veux te dire au revoir comme je considère que l'on devrait dire au revoir à chaque mort. Je ne veux pas t'ignorer, je ne veux pas t'oublier pour de bon. Ce ne sont pas des adieux. Je me souhaite, comme je le souhaite à toutes les familles qui me confient les corps aimés ou haïs, un au revoir qui accorde d'oublier par intermittence pour ne pas devenir fou, pour accueillir un gentil fantôme qui ne viendra pas nous hanter mais vivre à nos côtés. Les mauvais esprits ne sont-ils pas uniquement le fruit d'une absence plus ou moins bien supportée ? Ce ne sont pas des âmes damnées errant en peine sans trouver le repos. Ce ne sont que les plaies béantes de l'esprit d'un vivant qui ne sont pas fermées et suintent encore. Fuir le mort n'aide pas à les suturer. Lui dire au revoir est peut-être l'unique chance de l'accompagner sur le pas de notre porte et de la refermer, pour ne pas laisser d'espace où la douleur viendra nous tourmenter comme un mauvais courant d'air. J'ai cette intime conviction que l'on peut se réconcilier avec un mort. Cette certitude n'est peut-être qu'un fol espoir déguisé, car toi et moi, mon père, avons encore de nombreuses choses à vivre ensemble pour que je puisse t'oublier assez. Si je devais te le dire avec ma grande folie des mots et des temps, je me souhaite que tu ne restes pas un imparfait. Je ne veux plus l'épuisement de la mémoire qui n'offre ni oubli ni résurrection. Je désire faire de nous un passé simple.

Je suis gelée. Et s'il fait plus froid que d'habitude, c'est que la peur me fait trembler. Non pas de t'embaumer, toi qui m'es si intime, mais parce que notre vie fut une guerre morbide entre deux ennemis amoureux. Il y a des combats qui durent tant d'années qu'ils en deviennent une triste habitude. Ta mort impose une trêve, mais comment trouver le chemin d'un accord de paix ?

Si j'ai peur aujourd'hui, c'est aussi qu'en six ans de métier j'ai pratiqué des soins sur des corps qui sans plus même pouvoir parler racontaient pourtant leur tragédie : les enfants, les accidentés, les bébés n'ayant pas pu pousser leur premier cri, les jeunes malades aux cheveux disparus… Mais seul un type de morts arrive encore à m'effrayer. Celles provoquées par la violence que les vivants se sont infligée à eux-mêmes : les suicidés, les toxicomanes, les alcooliques, les anorexiques…

Des gens comme toi.

Des gens qui, pour se sentir vivants, n'ont pas trouvé d'autres moyens que de détruire leur corps.

Des gens qui, peut-être parce que leur sensibilité leur faisait entièrement ressentir la vie et donc la mort, ne supportaient plus l'angoisse, le néant que ces pensées imposent.

Des gens qui n'ont pas réussi à oublier.

Des gens à qui l'on a donné la vie, mais dans le berceau desquels les fées n'ont pas déposé le don de vivre.

Ma peur ne se nourrit d'aucun jugement moral ni même d'un choc face à leur état physique. Mais être la spectatrice de l'autodestruction est toujours brutal pour la personne que je suis. Ce n'est que le réveil de la blessure qui a envahi mon enfance, mon adolescence, ma vie tout entière. Celle de m'être sentie tellement responsable de ton mal-être et qui fut la mère de la douleur de ne pas en avoir fait assez, du désespoir de ne pas avoir trouvé le remède pour te soigner, de la morsure de la culpabilité de n'avoir été capable que d'échouer, de l'enfer illusoire de ne pas avoir été assez aimable pour te faire changer. Il m'a fallu dix ans d'analyse pour accepter, pas à pas, que prendre soin de toi n'était pas te prendre en charge. Il m'a fallu dix ans de deux séances hebdomadaires pour effleurer l'idée que l'énergie que j'ai mise à te sauver n'était qu'un acharnement qui niait ta personne et oubliait la mienne. En me lançant corps et âme dans cette quête salvatrice, je t'ai montré une faille dans laquelle tu t'es glissé pour me sucer jusqu'à la moelle. En flattant mon fantasme de toute-puissance que chaque enfant devrait pouvoir vivre et quitter tranquillement, en me séduisant, en m'utilisant, tu m'as exténuée. À tel point que lâcher cette guerre n'était plus une option. J'avais trop donné pour accepter de perdre. Alors, chaque corps marqué par l'autodestruction est comme une douloureuse piqûre de rappel, une vague que je dois bien prendre pour ne pas me faire submerger.

Pour apaiser ma crainte, je nomme cette catégorie de cadavres les « vivants-morts » et je me pose chaque fois la question de comment m'en occuper. Je dois les rendre beaux, cacher la misère. Mais est-ce leur rendre honneur que de masquer qui ils étaient ? Alors je pense à ceux qui restent et qui ont forcément souffert du spectacle mortifère de l'anéantissement, et je m'applique d'autant plus en pensant au soulagement d'une mère qui embrassera son fils sans la cervelle éclatée, à l'enfant qui prendra la main de son père qui ne tremble plus, à la femme qui se souviendra peut-être de celui dont elle était tombée amoureuse avant de le détester. Je ne travaille plus pour le mort, je travaille en espérant déculpabiliser les vivants qui n'ont pas eu la chance de prendre soin d'eux. Je répare les corps pour rafistoler les âmes. Aujourd'hui, prendre soin de toi, ce n'est pas prendre soin de mon père qui n'a jamais su prendre soin des autres ni de lui-même. C'est prendre soin de moi. Je me souviens alors de pourquoi j'ai tant bataillé pour le faire.

La première phase est la plus physique. Le corps est dans une housse, sur une plaque de métal, dans un frigo, avec d'autres corps, et il s'agit de le transférer sur ma table. Il n'est plus question de le soulever à l'aide de harnais qui ajoutaient ce quelque chose de cru, ce quelque chose de la technique bouchère. La rigidité cadavérique ayant déjà fait son œuvre, la couleur de la peau déjà cireuse ou violacée renforçaient, elles deux, la sensation de trimballer une carcasse. Il n'empêche… Bien que je sois aidée par un système de rails et un chariot élévateur, cela n'annule pas totalement, parfois, la sensation d'aller se servir dans un stock de viande morte. Une simple étiquette avec un prénom et un nom sur la porte de cet espace frigorifique permet d'identifier la place du corps pour lequel on a été appelé. À chacun son morceau et pour tout dire, selon les thanatopracteurs, les morceaux ne sont pas tous les mêmes. Certains d'entre nous s'en tiennent aux morts « douces », celles qui ne laissent pas de trace. Certains d'entre nous, et pour tout dire la plupart de ceux qui ont connu les joies de la parentalité, s'en tiennent aux morts « d'âge respectable ». En devenant mère ou père, il leur devient insupportable de s'occuper des corps d'enfants. Comme s'ils ne voulaient pas tenter le diable ou faire rentrer l'idée de ce possible impossible à penser chez eux. D'autres ont une vocation sans limite et acceptent des corps dont l'état de décomposition est tel que la reconstruction peut prendre plusieurs jours. Je pense à mon amie Manon qui redonne forme à des corps qui n'en sont plus, après des semaines d'autopsie par exemple. J'aimerais crier au monde entier ce qu'elle offre à leurs proches, privés dans un premier temps de se recueillir sur les corps ou contraints de les identifier dans des états indicibles. Personne, en regardant les faits divers, ne pense qu'en attendant les examens et les résultats d'autopsie, ces corps pourrissent. Et il y a les thanatopracteurs, dont je fais partie, qui ne laisseraient pas leurs morts entre les mains d'un autre.

L'étiquette porte donc mon nom de famille et de le voir gribouillé à la va-vite sonne comme un rappel à l'ordre. À l'ordre de mon métier dont je me suis inventé le serment :

Aux yeux du monde,
De mort en mort,
L'humain est peu,
Sinon un au milieu de la foule.

Aux yeux de son monde,
De mort en mort,
Il est pourtant beaucoup,
Sinon un tout parmi sa foule.

Pour le dire simplement, tu es un cadavre comme les autres mais tu es mon seul père. Et je travaille avec toi comme je travaille avec les autres. Avec la distance de celui qui accepte et sait notre mortalité. Avec la conscience profonde que chaque vie, si fugace soit-elle, a compté.

Je lis à voix haute ton prénom et ton nom comme pour te ou me donner une consistance, je ne sais pas, et j'ouvre la porte. Ne pleure pas, travaille.

Enlever la housse, casser les rigidités cadavériques, mécher l'anus et couvrir tes parties intimes. Voilà quels seront mes premiers gestes. Quand je forme des stagiaires, je finis leur formation par cette étape qui me semble la plus délicate. Celles qui suivront n'auront pour aboutissement que de rendre le mort plus vivant. Nous n'avons pas le pouvoir de ressusciter mais nous ressuscitons l'image de la personne. De jaune cireux, leur teint reprendra une couleur naturelle, les blessures seront floutées, les visages reconstitués, les traits marqués seront détendus, les mains crispées seront massées et positionnées croisées sur le ventre. Du cadavre nous ferons un homme ou une femme, pris dans un sommeil éternel.

Mais avant ça, il faut le soulever, le déshabiller, lui faire faire de la gymnastique. Les premières fois peuvent être brutales si l'on n'a pas en tête la finalité du travail accompli. Alors, je forme à rebours. Je forme au coiffage, puis au maquillage, puis à l'habillement, puis à la conservation, puis à la réception du corps. Et me voilà avec le tien et me voilà à redouter ce moment. Je pourrais appeler une collègue pour m'aider, mais ce serait casser une partie du lien que nous allons devoir créer ensemble. Car oui, il existe un lien entre le thanatopracteur et le mort. Nous sommes face à face, seuls et dans une intimité exceptionnelle, de par la nudité et la conscience aiguë de pratiquer des gestes sur quelqu'un qui ne peut plus vous accorder sa confiance ou son consentement. Cela oblige à un respect digne de l'au-delà.

J'ouvre ta housse. Je ne m'attendais pas à cette surprise. Tu ne ressembles pas à ce que tu étais ces dix dernières années. Mal en point, difforme. Ton corps était une encyclopédie de tous les sévices que tu t'étais infligés, l'atlas de tes cicatrices. L'alcool, ce vorace, t'avait rongé en échange de faire taire la morsure féroce du manque. Tu ne peux pas imaginer la souffrance vivace de te voir massacré. Une souffrance physique doublée de la honte qu'un homme aussi repoussant puisse être mon père. Lors de mes visites, je bataillais pour trouver le moindre détail de ton corps d'avant la picole, d'avant la défaite, d'avant la colère. Tu étais une bête écorchée. Alors, malgré la brume d'alcool qui voilait ton regard, je me noyais dans ton iris, qui seul semblait s'acharner à garder sa superbe. Cet iris au bleu intense qui était comme une mer où je pouvais me perdre quelques minutes pour me laver du reste. De tout le reste que je considérais déjà comme mort. Ta peau rongée par le pus et les croûtes ; ton corps distendu comme un ballon de baudruche par des litres d'ascite que des médecins ponctionnaient régulièrement pour te permettre de te lever ou respirer ; ton odeur fétide de merde, de pisse et de mauvaises piquettes ; tes dents disparues pour laisser un trou béant et sanguinolent qui m'obligeait à parler à un homme dont la bouche laissait s'échapper des filets de sang lorsqu'il prononçait le prénom de mes enfants ; ta voix devenue un râle, une logorrhée maladive à peine articulée. L'alcool n'a aucune pitié. Il n'a pas seulement détruit ton corps, il m'a aussi ravi mon complice, mon maître à penser, à rire, à jouer en faisant du cerveau brillant que j'aimais une bouillie de toi. Un toi qui s'accrochait aux mots, parlait comme un grand avocat, pour ne faire le plaidoyer que de ta propre décadence et dégradation. Tu ne faisais que radoter des conneries, comme un vieux et mauvais disque rayé.

En ouvrant cette housse, j'ai repensé à toutes les fois où nous avons été les témoins forcés des ruptures de tes varices œsophagiennes, de tes delirium tremens, chutes, comas, AVC, de ton foie qui lâchait et avec lui les toxines qui t'empoisonnaient l'esprit. Ce n'était pas dur, c'était dégueulasse. En ouvrant cette housse, préparée à un condensé de cette laideur imposée, je suis saisie par ta beauté. Tu es beau comme un adolescent. Ta maigreur a creusé ton visage pour lui redonner les traits d'une jeunesse oubliée. Tu es une ruine mais une très belle ruine. Ce n'est pas que ça. Dans cette housse aussi blanche que ta peau, la noirceur de ton âme semble déjà avoir quitté ton corps. Tu es allongé et tu as l'air paisible. Je m'approche et, c'est absurde, mais je suis terrorisée à l'idée de te réveiller par les battements de mon cœur qui m'assourdissent, me frappent le crâne à un rythme obsédant. Partout ton odeur. Elle hante la pièce. Du vétiver et de la sueur, une odeur aussi douce-amère que mes sentiments pour toi.

Tu portes un jogging difforme mais il m'aide à réaliser les mouvements les plus physiques. Je commence par plier tes bras, tes poignets. Je casse les rigidités pour faciliter le travail à venir. Je soulève tes jambes et plie tes genoux comme je le ferais à un nourrisson sujet à une crise d'aérophagie. Ton jogging est sale et je ne sais pas si les souillures au niveau de l'entrejambe sont post mortem ou si tu as agonisé dans une couche trop remplie. Cette idée me blesse. Même les sales gens devraient avoir le droit à une mort propre.

Je vais te retirer tout ça. Je vais te déshabiller entièrement pour te désinfecter et accéder aux parties de ton buste que j'inciserai plus tard. Depuis quand n'ai-je pas vu ton corps nu ? Six ans, environ, quand, à l'hôpital, tu m'avais hurlé dessus après un malaise pour que je te tienne le sexe afin de pisser dans une bassine.

Je n'ose heureusement jamais le formuler aux familles des « vivants-morts » qui viennent et qui ont peur. Mais à toi, je peux le dire. Parfois, il est beaucoup plus simple d'être devant un mort qu'un vivant. Devant ton cadavre, où tout est déjà à l'arrêt à l'exception de tes sucs gastriques, je suis effarée de constater que c'était ta vivacité qui était insupportable à subir. Ton sang ne coule plus, tes croûtes ne suintent plus, ta bouche ne bave plus, tes paroles ne sont plus dégueulées. Vivant, je ne pouvais plus te toucher, j'en avais des haut-le-cœur. Mais ici, dans le calme de ta beauté nouvelle, je sais que je vais pouvoir t'enlacer. J'en suis si heureuse tant notre dernière accolade m'a hantée. Ce souvenir me dévore.

C'était l'étreinte de deux monstres obscènes après deux jours d'une terreur sans merci. Tu étais alité comme tu l'es maintenant mais tu gémissais de douleur et te souillais sans cesse. Tu ne mangeais plus, ne buvais plus et je devais assister à ton agonie d'une longueur assassine. Je n'étais d'aucun secours et je n'avais pas ta permission d'en appeler. Tu m'avais réduite ou je m'étais réduite à être la même épave que toi. J'ai tenu les vingt-quatre premières heures par défi, par loyauté, par un courage lâche ou une lâcheté courageuse. J'ai tenu parce que les mots m'ont portée et me laissaient croire que la raison reviendrait. J'ai argumenté tant que je pouvais avant de te quitter, quelques heures, pour trouver refuge chez une amie dijonnaise. Au lieu de dormir, j'ai vécu ma propre agonie. Je suis revenue défaite, sans plus de force pour négocier. Alors j'ai quémandé, j'ai pleuré, j'ai hurlé, j'ai supplié ta pitié de mon corps supplicié. J'étais terrifiée, je tremblais, le visage couvert de morve, les mains comme des serres d'aigle tant elles étaient tétanisées. Tu ne m'as pas regardée. Tu as tout refusé. Ce jour-là, j'ai vraiment cru mourir avant toi d'un désespoir si pur que je ne sentais plus que lui. J'ai appelé une ambulance, peut-être pour moi, peut-être pour toi, je ne sais plus. Et à son arrivée, mon soulagement s'est compté en secondes. Je t'ai vu te redresser, me rappeler ta volonté et tu nous as récité tes droits. En vertu de la loi du 4 mars 2002, tu as refusé les soins. Ils n'ont pas pu t'emmener. Le médecin du SAMU m'a offert le regard de pitié que j'attendais de toi. Tu m'as lancé un regard d'une cruauté sadique. Le médecin du SAMU m'a offert les mots réconfortants que j'attendais de toi. Tu m'as lancé un « Va te faire soigner sale conne, tu nous refais une crise ».

Tu avais le droit de ne pas te soigner et de me l'imposer, je n'avais pas le droit de te tuer. Pourtant, c'est ce que j'aurais voulu faire. Prendre ton oreiller et te l'écraser sur le visage pour ne plus voir ton regard, ne plus entendre ta voix, ne plus sentir ton souffle. Seuls mes mots se sont permis d'être meurtriers et j'ai dégainé un « Si tu veux crever, alors fous-toi par la fenêtre, qu'on en finisse. Tu soulageras tout le monde ». Tu m'as renvoyée à la honte de mes paroles et j'ai eu honte, profondément honte. Pas d'avoir voulu te finir mais de l'avoir exprimé pour la première fois à voix haute alors que tu étais mourant et que nous le savions tous les deux.

Je t'ai détesté d'avoir poussé le jeu jusque-là, je t'ai haï d'avoir voulu encore me sadiser jusqu'au dernier moment et, peut-être parce que c'était vraiment trop, j'ai senti dans mon cœur un choc électrique, un électrochoc maison. Mes idées se sont remises en place. J'allais être aussi monstrueuse que toi, j'allais trouver notre langage commun, j'allais te manipuler. Alors, j'ai fait la seule chose que j'aurais dû faire depuis deux jours. Je t'ai pris dans mes bras et, dans le creux de l'oreille, je t'ai promis de l'alcool si tu te faisais hospitaliser. Tes toilettes te semblaient si loin que tu te pissais dessus, tu ne pouvais donc plus marcher jusqu'au Monoprix. Tes doigts étaient si gonflés que tes mains ne répondaient plus, tu ne pouvais donc plus appeler le livreur qui t'apportait tes bouteilles tout en te volant au passage. Depuis deux jours, tu ne souffrais pas de ma souffrance ni de la peur de la mort, tu ne souffrais que d'une chose : du manque. L'hospitalisation, ce n'était pas la promesse de soins, c'était la menace de ne plus boire. J'ai posé mes conditions. Tu rappelais toi-même les pompiers, tu demandais une prise en charge en urgence. En échange, je t'offrais des cannettes de 8.6. Je t'ai glissé un « Je t'aime », tu m'as répondu « Je sais ». Dans la minute, le coup de fil était passé, dans les cinq minutes, tu buvais goulûment tes bières, dans la demi-heure, tu partais tranquillement sur un brancard en me faisant coucou.

Je n'accepterai jamais que mon dernier « Je t'aime » dans tes bras résulte de ce sordide chantage. Je ne veux pas en être réduite à ça. Te rends-tu compte que mes derniers gestes affectueux n'étaient que mensonge ? Que je regarderai toujours les cannettes de bière au supermarché avec jalousie ? Voilà le prix que tu m'as fait payer pour, non pas te sauver, mais respirer à nouveau. Pour ne pas te savoir agoniser seul dans des souffrances immondes. En sortant de ton appartement, ce jour-là, j'ai vomi un jet effrayant. Je n'avais jamais vu ça. J'ai acheté une tenue dans une boutique, je l'ai enfilée et j'ai jeté chaque habit que je portais chez toi. Même ma petite culotte, même mes chaussettes semblaient contaminées par ta pourriture.

C'est à ça que sert aussi mon métier. À rendre parfois la dignité suffisante à un corps pour permettre à ceux qui restent de partager un silence dont la mélodie remplacera la fureur de paroles mauvaises. À rendre parfois la dignité suffisante à un corps pour permettre à ceux qui restent de partager un baiser dont le goût ne soit pas trop amer. J'ai besoin d'une dernière tendresse, une vraie, une gratuite, une qui nettoiera le dégoût de toi et celui de moi-même. Tu as le droit de me trouver égoïste, de penser que mon affection ne tient qu'à peu de choses et ne s'adresse finalement qu'à moi. Une comparaison déplacée me vient pourtant en tête. Je ne suis pas sûre que tu l'aimerais. Mais serais-tu choqué qu'un gourmet refuse de manger de la viande avariée ? Et jugerais-tu alors qu'il n'aime plus la viande ? Je me rends compte de l'absurdité de cette pensée mais je ne peux pas mieux l'exprimer. À chacun son obscénité.

Il va falloir que je te touche, beaucoup, tout le temps. Je sais que je serai la seule. Je sais que personne ne viendra se recueillir auprès de toi. Ta mère est à l'hôpital et ne veut plus rien savoir tant la douleur la brise, mes sœurs ou tes filles n'en ont aucune envie, tes amis ont déserté depuis trop longtemps. Sache aussi que je vais te parler, comme je parle à chaque mort. Je les aide, je leur demande de l'aide. J'instaure une forme de dialogue. Je ne sais pas comment ça va se passer pour toi. Peut-être que notre intimité dans le monde des vivants va m'empêcher de créer cette intimité dans le monde des morts. Et j'en serais bien désolée. Mais une chose me remplit d'une joie étrange. Cette fois, pour la première et unique fois de ma vie, je vais prendre soin de toi et tu ne pourras pas le refuser. Tu ne me regarderas pas avec tes yeux méchants qui ne perdaient leur voile alcoolisé que pour me fusiller dès que je m'approchais pour tenter de t'aider. Et si tu ne m'as pas offert la tendresse de te désarmer face à moi, moi j'aimerais essayer d'y arriver. Laisse-moi faire, s'il te plaît.

Il va falloir que je t'enlace pour te positionner. Il va falloir que je te porte comme tu m'as portée enfant et que j'étais endormie ou terrassée par une grippe. Qu'il est rassurant, petit, de sentir des bras forts vous ramasser pour vous mettre au lit. Que la maladie peut être joyeuse et vous faire sentir moins seul au monde quand les parents ne sont pas tendres.

Prendre dans les bras est, comme lorsqu'une mère prend son bébé pour la première fois, le temps de la rencontre. Il y a plusieurs types de morts et cela influe sur ma manière de m'en m'occuper.

Il y a le « mort qui pleure ». C'est le mort qui, au moment où il est placé sur la table, verse une ultime larme. Mes mains viennent se poser sur ses épaules ou presser gentiment ses bras, mes paroles sont rares et chuchotées, comme celles d'une consolatrice qui ne veut pas troubler ce moment de relâchement par du bruit ou la brusquerie de ses mouvements. Je ressens dans la naissance de cette larme un signe de confiance.

Il y a le « mort farceur » qui, parce que la rigidité cadavérique a déjà fait son œuvre, replie le bras et vient vous taper dans le dos comme un vieux copain de lycée, quand il ne vous met pas une main aux fesses. Mes gestes sont plus simples, plus francs, je ris de la bonne blague.

Et puis il y a le « mort fragile ». C'est l'enfant, la jeune femme, la personne – âgée ou malade – légère comme une plume. Mes gestes sont à la hauteur de leur vulnérabilité. C'est du travail d'orfèvre, je cherche la plus grande finesse. Et je leur parle, je leur explique ce que je vais faire, tous les gestes accomplis. Je tente de ne plus leur infliger ni peur ni douleur. Je m'occupe d'eux comme je m'occuperais d'un petit oiseau tombé du nid.

Évidemment, tout s'explique par des faits biologiques, mais je ne crois pas faire de mal en m'inventant des histoires. Je suis encore vivante et l'on peut travailler avec des morts sans être morbide. Un autre mot que les gens utilisent à mon encontre sans en connaître le sens. Leur ignorance m'attriste et m'inquiète. Être morbide, c'est dîner devant le JT de TF1 avec ses enfants, en regardant les enfants des autres, dénutris et déchiquetés à Gaza. Nous avons déréalisé la mort comme nous déréalisons tout le reste. Mon métier est, je crois, un acte de résistance à l'heure où les choses disparaissent. On vous annonce un décès : c'est un fait. Il est irréfutable. Il suscite l'inquiétude, la surprise, de l'angoisse, mais ce n'est ni tenable ni tangible. Se recueillir, toucher le mort est un espace de repos, la possibilité d'acter, de se souvenir, et de réaliser l'impensable.

Lointaine est cette époque où, au Japon, les hommes organisaient des cérémonies au temple, des rituels d'adieu aux objets, aux choses dont ils avaient fait long usage. Aujourd'hui, nous utilisons les choses. C'est du rapide, c'est du jetable, c'est la fin des choses. Tout est mort-né, sans âme, dirait Byung-Chul Han dont les livres me sont si précieux. Aujourd'hui, lorsque je vois comment l'on traite nos morts, j'irais plus loin que lui. Même la vie semble être devenue du rapide, du jetable, c'est la fin de notre humanité. Tout est mort-né, sans âme. Alors, pour contrecarrer cette pensée lugubre, je touche et travaille sur les corps comme je touche et annote les livres. Avec respect et sérieux pour l'objet et le récit qu'il renferme. J'imagine que de là vient aussi ma volonté furieuse d'être enterrée comme un trésor. Je refuse d'être incinérée comme une hérétique condamnée à un autodafé. Je ne veux pas que l'on me brûle comme l'on brûlerait une histoire dangereuse. Je veux une tombe et mon nom gravé dans un cimetière, tel un livre perdu dans une bibliothèque immense.

Je te déshabille et jette les vêtements que tu portais. Nous avons, mes sœurs et moi, préparé ton dernier costume et il t'attend sur une chaise à mes côtés. Parce que les gens ne comprennent plus la mort, il m'arrive de plus en plus souvent d'être obligée de remettre les habits avec lesquels le corps est arrivé. Parce que les gens ne comprennent plus la mort, il m'arrive de plus en plus souvent de laver, coiffer, maquiller des morts pour ensuite les revêtir de vêtements tachés de vomi ou de matières fécales post mortem. Je ne peux m'y résoudre et passe parfois une partie de mes soins à frotter frénétiquement des impuretés à l'aide de lingettes détachantes que j'achète par kilos. Je ne peux me résoudre à tant de saleté. La saleté des vivants.

Je te regarde et tu n'es maintenant qu'un corps nu avec un repose-tête pour seul accessoire. Il ne te quittera plus jusqu'à ta mise en bière. Je sais que tu aimais l'idée d'avoir en toutes circonstances la tête haute, mais il évite surtout que le sang ne te monte à la tête. Par gravité, ton cœur ayant cessé de battre, le sang tombe au fond des vaisseaux et, sans cet accessoire, ton visage serait violet. Bien que la couperose nous ait habitués à cette chromie foireuse, je ne tiens pas à la conserver. Mais pour être tout à fait honnête, tu ressembles déjà à ces Malabar bigoût citron-fraise que nous dégommions joyeusement ensemble en vacances. Jaune cireux au-dessus, rouge violacé en dessous. Les lividités, qui ne sont que la conséquence du déplacement de ta masse sanguine vers les parties déclives de ton corps, sont déjà prononcées. Heureusement, tu es un mort assez frais pour que certaines d'entre elles ne soient pas fixes, et j'exercerai plus tard quelques petits massages pour t'épargner un joli visage encerclé de deux oreilles aubergine. Et puis, entre nous, le sang nous est assez monté à la tête. Gardons pour une fois, tous les deux, la tête haute et froide.

Avec une pince, je prépare une mèche de coton que j'introduis dans ton anus. Tu ne te souilleras plus, je fais barrage à d'éventuelles fuites d'excréments. Pour les autres corps, je réalise ce geste technique comme une gynéco introduit un spéculum. Le plus délicatement possible mais sans me poser de questions. Avec toi, je répare. Ce type d'écoulements arrivaient de ton vivant et l'odeur nauséabonde de ta merde ne sera jamais aussi désagréable que le goût âcre de ma honte. Enfin, je pose un tissu blanc sur ton sexe. Pour les autres corps, je réalise ce geste pudique comme une gynéco lorsque ses patientes se dévêtent. Je détourne le regard malgré tous les gestes intrusifs à venir. Avec toi, encore une fois, je répare. De ton vivant, ton exhibitionnisme se déployait comme le seul costume que tu pouvais porter. C'était l'exposition crue de tes angoisses, de ta maladie et de ton corps nu. De ton vivant, c'est moi qui me décomposais de gêne.

Je ne te l'ai pas dit mais au moment de reposer ta tête sur ce bloc de plastique, tu ne m'as pas tapé dans le dos, j'ai seulement vu une larme couler. Tu es donc un « mort qui pleure ». Tes larmes ont toujours été nombreuses mais s'appelaient « poussières dans l'œil ». Tu sais que je partage avec toi ces tristes inondations ou ces grandes eaux joyeuses qui jaillissent en laissant les gens sur le rivage complètement effrayés. Toute chose qui déborde effraie mais jamais pourtant des larmes n'ont noyé quelqu'un. Je n'essuie pas cette larme. J'observe son trajet sur ta peau où elle dessine une marque, un chemin. Je la laisse vivre sa vie. Aujourd'hui, exceptionnellement, je pleure avec le mort.

Cette larme me renvoie à un souvenir d'enfance, quand nous écoutions le *Lacrimosa* de Mozart le soir, dans le salon, et que tes poussières dans l'œil étaient plus fortes que d'habitude. J'adorais ces moments où nous ne faisions rien que d'écouter la musique, un peu émus, un peu déprimés, un peu ensemble. Tu m'expliquais alors que pour avoir le privilège d'entendre la musique, il fallait aussi apprendre à aimer le silence. Que sans temps mort, ce ne serait qu'un grand brouhaha, comme un repas de famille sans fin, et qu'on finirait par se pendre. Je ne comprenais rien mais tu avais l'air si sérieux que je te croyais sur parole, sans oser ouvrir la bouche de peur que tu ne te tues plus vite que tu ne le faisais déjà. Le silence, le silence que maintenant je cherche partout et que je ne trouve nulle part, à l'exception de ma chambre froide. Ce silence, qui me fait du bien, ce silence qui, par sa présence absolue, m'a fait comprendre ton point de vue. As-tu remarqué comme la parole est ininterrompue ? La communication nous attaque et plus rien n'a de sens. Nous n'entendons plus la musique du monde. Je pense à toi, à ta théorie et, en entendant la marche de l'univers faite de tempêtes, de feu, du bruit des machines qui produisent et des bottes et mitraillettes qui claquent, je me dis que tu avais raison. Il y a trop de bruit.

Dans un silence religieux, je me remémore cette musique et retrouve les paroles que nous chantions en latin.

Lacrimosa dies illa
Qua resurget ex favilla
Judicandus homo reus

Jour de larmes que ce jour où
De la poussière
Ressuscitera le pécheur pour son jugement

Rassure-toi, je ne serai pas ton juge. Je n'ai aucun intérêt à te déclarer coupable ou innocent. Te déclarer coupable, ce serait aussi me déclarer victime et je ne veux pas m'emprisonner. Nous serions à nouveau liés. Ma liberté ne sera gagnée qu'au prix d'un approfondissement de notre histoire tel que je dois abandonner l'idée de la certitude. Creuser, questionner n'amènent jamais beaucoup de réponses mais ouvrent de nouveaux chemins qui peuvent être agréables à prendre. Derrière ces paroles, je devine pourtant que le drame de ma vie n'a d'autre origine que les larmes d'un père qui s'était dit mécréant. Et rien n'est plus violent qu'un innocent qui se punit quand même.

Je vais maintenant te désinfecter. Je vois cette première étape comme un armistice dont nous avons besoin pour retrouver un dialogue. Moi qui n'ai fait que lutter vainement pour que tu arrêtes l'alcool qui contagiait tout dans nos vies, je vais t'en vaporiser sur chaque bribe de ton corps. Pour une fois, tu seras dans ton jus et j'aurai la satisfaction de t'assainir.

En parcourant chaque parcelle de ton corps, et parce que tu es mon père, je repense à cette nudité à laquelle je ne fais jamais attention. Certainement parce que la vraie nudité, c'est de regarder la mort. *La nudité, c'est de se voir nu.* Et quoi de plus efficace qu'une dépouille pour se sentir à poil et sans artifices pour nous protéger. Cette faculté n'est pas donnée à tout le monde et quelque part, je te la dois. C'est un cadeau d'une grande violence que maintenant je chéris car vivre avec l'idée de la mort est aussi une pensée pour se saisir de la vie. Tu ne m'as de toute façon pas laissé le choix, tant tu nous l'agitais devant le nez.

Il m'a fallu du temps, il m'a fallu des heures sombres pour l'apprivoiser. À tel point qu'adolescente je dormais assise comme un roi de France. J'obligeais ma cour familiale à défiler chaque soir pour me donner un baiser au lit et me dire, dans cet ordre, « Bonne nuit, à demain ». Si le rituel n'était pas respecté, je craignais un sommeil éternel et veillais jusqu'aux premières lueurs du jour dans une angoisse démente. Mon effroi de ce néant, ce trou noir, était si profond qu'il s'est matérialisé sur mon crâne. Je me suis réveillée un matin avec, au sommet de la tête, un rond parfaitement chauve. Je chutais, je tombais dans un abîme sans avoir, comme toi, l'alcool pour m'anesthésier. Il faut imaginer l'impasse terrible. La peur de la mort m'empêchait de vivre. À quatorze ans, j'étais au bord du suicide.

Cela peut paraître absurde de vouloir en finir par peur de la mort mais la peur a cette force que la mort n'aura jamais. Je la ressentais. Elle ne me lâchait pas et m'épuisait tant que la mort ne devenait que la promesse d'une nuit complète, d'une belle sieste. Avec le temps j'ai compris, en t'observant et te confrontant, que confondre la mort et le repos n'était pas absurde, mais plutôt d'une logique implacable. On se trompe d'ennemi car, depuis toujours, la mort a mauvaise presse. J'ai entendu un jour cette phrase de Brel qui disait que quand un homme n'a pas peur de coucher avec une femme, c'est qu'il ne l'aime pas. Il en est de même de la vie. Pour en arriver à vouloir mourir, ce n'est pas la mort qui rôde, c'est la vie, une vie que vous voulez aimer mais que vous n'avez pas le courage de saisir. Elle est là, tapie dans un coin, à vous harceler jour et nuit. Elle vous tétanise, elle vous fait cauchemarder parce qu'elle est vivace et trouve toujours du terreau pour grandir. Lutter ne fait que l'accroître et la peur de la laisser passer peut être si féroce que l'on préfère se tuer, ne pas prendre le risque. Quand je te dis que je te dois quelque chose, c'est que nous sommes de ces hommes et femmes d'une intelligence sensible, la plus belle et la plus dangereuse de toutes, celle qui fait avoir des poussières dans les yeux tous les jours. Nous sommes capables de faire appel à la raison mais sommes appelés par les sirènes de l'émotion. Elles nous dépassent et parfois, comme chez toi, elles prennent le dessus. J'aime croire que je les ai domptées, juste un peu, comme on domestiquerait un fleuve. Elles coulent librement, vivent des tempêtes, des jours de beau temps, des orages qui les font déborder mais, en cas de danger, je ferme les écluses. Je franchis alors les dénivelés sans faire naufrage. Toi, mon capitaine d'un bateau ivre, je te dois cette conduite prudente car, en me montrant impudiquement la violence de ta fausse vie, puis de ta vraie mort, tu m'as dégoûtée à jamais de me l'imposer à moi-même. Voilà à quoi servent aussi les pirates…

Ta vie n'était pas ta vie ou plutôt c'était ta seule vie possible dans la famille où tu es né. Être premier prix de hautbois au Conservatoire n'a pas suffi à les convaincre que la musique était une possibilité. Être sensible était un défaut à cacher, un vice à corriger. Le devoir écrasait le désir et tu n'as pas eu la liberté de négocier. Il te manquait toutes les armes pour te rebeller face à cette ordinaire famille bourgeoise de province. Tu avais été maté comme on mate un déserteur. En assassinant tes envies, tes pensées, en tuant ton amour-propre et ton narcissisme, en piétinant chacune de tes exaltations pour mieux te culpabiliser. Foutre en l'air les rêves d'un homme qui n'est pas terrien, c'est l'humilier mais ça ne le changera jamais. C'est seulement la porte ouverte à une survie où l'on se flagelle de honte, où l'on se flagelle aussi pour que la douleur physique fasse oublier la douleur psychique. Ta vie était un faux-semblant. Ta vie bien rangée où tu avais posé ton instrument et tes grands airs pour faire du droit, des enfants et rentrer dans le rang comme on rentre dans les ordres mais sans foi. Tu as joué le rôle du bon soldat mais la guerre, tu l'as faite à toi-même. Tu as choisi la bouteille, ça aurait pu être autre chose. Tu t'es autodétruit.

J'ai fini de comprendre ce lien entre la vie et la mort en pratiquant mon métier. Une des questions, des réflexions plutôt, qui reviennent le plus est de savoir comment je fais pour supporter « ça » au quotidien. Je sens l'effroi dans le regard de celui qui attend ma réponse. Mais si je tends l'oreille, je devine que la vue du cadavre n'est pas ce qui inquiète le plus. Ce qui traumatise, c'est que ce cadavre renvoie à l'idée de la propre mort de celui qui le regarde. On ne peut pas y échapper. Et ce n'est pas simple de penser sa mort. Car penser sa mort, c'est penser sa vie. Les deux sont mêlées inextricablement. C'est une question qui existe depuis la nuit des temps. Platon nous interroge : « Qui peut dire si la vie n'est pas la mort, la mort n'est pas la vie ? » Et Socrate d'enfoncer le clou : « Peut-être sommes-nous tous morts. »

Tu as reproduit la violence de tes parents mais tu nous as offert un cadeau dont tu avais été privé : la liberté et l'obligation de penser notre existence. Je crois qu'en ne supportant pas ta vie, tu m'as donné la lucidité infernale de regarder la mienne. Je crains encore de vivre comme je crains de mourir. Ce n'est pas un remède. Mais je la ressens, je ne la traverse pas.

Je sens cette différence quand je côtoie les autres. Ils se font embarquer dans un élan qu'ils ne peuvent plus arrêter. Ils naissent, ils étudient, ils travaillent, ils meurent. Ils ne sont pas plus secoués que ça. Ils ne pensent plus tellement ni leur vie, ni leur mort, à tel point que même les rituels – qu'ils soient laïques ou religieux – ont déserté ou sont pensés comme un produit. Rapport qualité/prix, événement marquant, efficacité, au suivant. Toutes les grandes étapes du vivant sont bafouées. Les mères qui donnent naissance sont renvoyées chez elles en vingt-quatre heures dans une solitude terrible et ont deux mois avec leur bébé avant de s'en séparer pour retourner à leur travail. Les enfants ne sont plus fêtés ni accueillis par la famille ou les amis qui vivent loin ou n'ont plus le temps et sont élevés pour être productifs et non éduqués. Les veufs ont cinq jours pour préparer les obsèques et faire le deuil de leur moitié avant de devoir reprendre leur quotidien. Nous sommes loin des années de deuil.

Réussir sa vie, c'est travailler, consommer, être occupés, utiles, efficaces. Même les congés ont été contaminés par ces nouvelles valeurs. On les remplit de loisirs et non de temps morts. On apprend sur Facebook une naissance, un diplôme, un décès, on like, on commente, on oublie. Dans le flot continu de nos vies modernes, tout est exposé mais plus rien n'est vécu.

C'est ça la survie. Une fuite en avant, par l'occupation permanente, pour ne pas penser que nous allons mourir, même si le prix à payer est de ne pas tout à fait vivre. Les seules personnes autorisées à parler de la mort sont celles qui cherchent des solutions pour l'éradiquer. Moi je vis et donc je souffre. Parfois, je dois le dire, j'ai été au bord de la folie. Au bord d'un précipice qui semblait vouloir m'engloutir pour ne plus jamais me recracher.

Tu sais qu'à cause de toi, je suis devenue un ramassis de symptômes en tout genre que l'on nomme parfois – et j'en ris – des « signes commémoratifs ». En perdant pied, j'ai perdu mes cheveux, j'ai tétanisé, mes dents se cassaient en deux, mais surtout j'ai cru être morte pendant plus d'une dizaine d'années. Mais il est trop tôt pour t'en parler. Il est trop tôt pour que je laisse la haine et la peur s'exprimer ; la haine et la peur qui m'ont tellement donné envie de te crever, de te défoncer la tête à coups de poing pour te faire fermer ta gueule, pour ne plus supporter les horreurs et la terreur que tu nous as fait subir.

Peut-être que mon esprit vient seulement de devancer mes gestes, car je vais devoir effectivement te fermer la gueule, enfin en partie. Avant de te masser, avant d'injecter le formaldéhyde, je dois préfermer ta bouche puis casser les rigidités de ta mâchoire à l'aide d'un instrument plat et métallique. Bref, je fais levier et, pour tout avouer, je n'aime pas tellement le bruit du métal qui claque sur tes dents. J'ai peur. J'ai peur que tu mordes une dernière fois, ce qui n'est pas possible. J'ai peur, en suturant, d'empêcher des mots de soulagement, un pardon, un je t'aime d'arriver à mes oreilles, ce qui n'est pas possible non plus. Je n'ai de toute façon pas le choix car le formol va fixer tes tissus en l'état. Si je ne m'occupe pas de ta bouche maintenant, alors de petits plis disgracieux se formeront autour de tes lèvres. Je dois composer tes traits, créer le visage dont j'ai envie. Naturel et paisible dans l'idéal. Si tu savais le nombre de fous rires avec mes stagiaires qui ont parfois raté cette étape, en plus de n'avoir aucun talent pour la cosmétique. À la fin, le mort n'est plus mort, il ressemble à un vieux clown aigri.

Je nettoie tes dents, tes gencives, l'intérieur de tes joues, ton palais pour tuer un maximum de bactéries. Sans ça, tu aurais tendance à verdir, et je ne boude pas le plaisir de te nettoyer la bouche au savon comme une mère le crierait à son enfant pour calmer ses élans grossiers. Puis je pique mon crochet dans la mandibule, je passe derrière les dents, je cherche la cloison nasale et je recommence l'opération trois fois. Ta structure osseuse est encerclée, tes lèvres resserrées. Tu n'es pas encore muet mais tu as l'air poli.

Cette politesse affichée va m'aider à ne pas me fâcher. J'ai encore trop de travail et je dois te désinfecter. En général, je vaporise rapidement, mais encore une fois, avec toi, je vais faire du zèle. Passer des lingettes désinfectantes va me permettre de me réapproprier ce corps qui me dégoûtait. Si tu m'écœures encore à la fin de cette toilette, je devrai arrêter. Mon travail ne pourra pas être fait correctement et ma vocation est telle que je déclarerai forfait. Je suis au service du mort. Je dois me calmer. J'aimerais prendre l'air, fumer, mais cela m'obligerait à tout recommencer, à enlever mes vêtements de protection, à sortir, à prendre le risque de croiser quelqu'un. Dans mon état, aucun de mes collègues ne me laisserait repartir seule à tes côtés. Au fond de moi, je sais que je ne suis pas folle ni algophile, que je dois le faire, mais c'est un ordre de l'instinct et je n'aurais pas la capacité de l'expliquer. Laisse-moi respirer. Laisse-moi prendre quelques grandes bouffées d'oxygène. Je peux encore le faire, pas toi. Ça me rassure car tu n'as pas réussi à me tuer avant toi. Je dois redescendre et plonger dans ma mémoire pour convoquer les souvenirs de ma petite enfance où tu étais encore mon roi.

Oui, papa. Mon roi. Un premier amour, et tu le savais autant que moi. Nous nous sommes aimés comme deux fous. Toi, l'adulte raté, reconnaissant du surplus d'enfance que je t'offrais ; moi, ébahie d'avoir trouvé un être splendide dont la folie m'a portée dans des pays aux mille joies, aux mille magies. Chez nous l'amour fut si absolu que de don, il est devenu sacrifice.

Ton corps est blanc et froid comme la neige qui tombait quand je suis née. La neige comme une promesse de clarté, la neige cotonneuse qui amortit, qui fait ce son délicieux quand nos pieds s'écrasent sur elle dans un doux craquement. La même neige qui, lorsqu'on a trop marché dessus, devient cette bouillasse marron qui colle aux basques, glissante, et nous déséquilibre jusqu'à finir la gueule par terre. À ma naissance, j'étais de cette tendre matière dont il faut prendre soin. Moi, que tu as fini par oublier et qui n'ai fait que te prendre en charge.

J'étais votre premier enfant et, comme chaque aîné, je me souviens du délice et de la responsabilité d'être enfant unique.

Le délice d'être le centre du monde. Un monde tout petit mais dont on ne changerait rien. J'ai retrouvé ce plaisir pendant les deux mois du confinement où, collée à mes enfants, je ne me suis jamais sentie aussi invincible. Tout pouvait s'écrouler, il ne pouvait rien m'arriver dans la douceur de ce cocon familial. Être le premier, c'est avoir deux paires d'yeux amoureux qui surplombent votre corps. C'est avoir deux fidèles dont la mission est de vous admirer et d'assouvir vos moindres désirs. Ils n'ont aucune distraction, ils n'aiment personne d'autre. J'avais le privilège de la nouveauté. Avec moi se fondait une famille. Nous vivions dans ce petit appartement à Dijon, cet appartement que tu as reloué trente ans après pour t'y cacher et mourir.

La responsabilité d'être le centre du monde. Je te nettoie la tête et passe mes doigts sur ta tempe. C'est un endroit que rarement nous évoquons sans qu'une migraine la fasse exploser ou qu'un pistolet y soit braqué. Et voilà ce que je pense. Un enfant, c'est la joie, les espoirs, le fruit d'un amour mais c'est aussi le temps qui passe, la peur qui vous assaille et vous rappelle la précarité d'une vie. Il est maintenant vivant mais il peut maintenant mourir. Un enfant, c'est un flingue chargé et dirigé pleine balle sur votre crâne. Un enfant, c'est comme un cadavre, il vous renvoie à votre vie comme à votre mort. Un enfant peut être un bonheur douloureux.

J'ai des souvenirs précis de ma petite enfance. Je me souviens des lieux, des odeurs et de l'attachement féroce que j'avais pour toi. Un lien fusionnel, si fusionnel que j'ai oublié tous les autres. Où était ma mère ? Sûrement déjà, tu avais occulté sa présence de ta force solaire. Une force qui éblouit mais peut aussi vous transformer en un charbon ardent. Je me rappelle comme tout mon corps s'attisait en ta présence. À tes côtés, j'étais plus que vivante. C'était au-delà. Peut-être est-ce pour ça que la mort ne m'effraie pas. Je suis déjà montée au ciel, j'ai déjà touché les étoiles, j'ai déjà quitté ce monde pour une autre terre fascinante.

Toi et ma mère partagiez quelque chose de semblable. Une faiblesse qui est parfois un courage. Vous aviez tous les deux tenté de vous tuer, ou de ne pas vous tuer mais de projeter votre mort dans le regard des autres. Toi en te consumant par l'alcool et les histoires, ma mère en privant son corps de toute alimentation. Demander à votre entourage d'être le témoin de votre mal-être était une bravoure du cœur, une rébellion. Il faut de l'audace pour obliger les gens à se remettre en question. C'était aussi un pari dangereux tant nombre de familles préfèrent abandonner leurs canards boiteux plutôt que de se remettre en cause. Si seulement, si seulement je pouvais remonter le temps et vous inciter à demander de l'aide plutôt que des excuses qui ne viendront pas.

Dans ces conditions, une naissance est un défi dangereux mais comment en vouloir à quiconque de s'espérer heureux ? En vous unissant tant par vos souffrances que vos espoirs, je dois admettre que vous étiez d'une beauté effrayante. Car oui, vous étiez beaux, beaux comme seuls le sont les gens assez torturés pour être vrais et entiers. Parfois, je tente encore de prendre exemple sur cette forme d'élégance.

Je dois t'avouer pourtant que j'ai la sensation, le pressentiment que, dès mes premiers mois, j'ai reconnu vos fragilités et que je les ai embrassées comme ma propre famille. Je me suis lovée dans vos fêlures cotonneuses. Sur mon carnet de santé, il est coché « Dort bien », le « bien » est pourtant rayé par le médecin qui ajoute à la main « trop ». Je dormais trop, comme ma mère je ne mangeais rien et, comme toi, je ne buvais jamais d'eau. Il fallait la couper au jus de carotte. Encore aujourd'hui, les jours de déprime, je reproduis ce schéma non pas pour m'isoler dans mon spleen, mais pour le plaisir amer d'attendre de voir qui viendra m'en extraire. Mes amours, mes amis, mes sœurs doivent me prouver qu'ils ne me laisseront pas tomber. Tomber dans le sens ne plus exister, qui est une chose très différente de mourir. Je suis à nouveau ce bébé qui pleure, qui crie et qui attend qu'on vienne s'occuper de lui en se remettant tout entier entre les mains des autres. J'ai ces angoisses primitives, archaïques qui jaillissent pour ne laisser place qu'à ce langage du corps. Je perds mes mots.

Mais je ne vous en veux pas. Vous avez été si mal aimés il faut dire. J'ai encore du chagrin pour les enfants que vous étiez, j'ai encore du chagrin en imaginant comme l'intimité a pu être aussi le lieu et l'excuse pour tout vous faire supporter. Vous aviez été ces deux enfants et vous étiez maintenant deux adultes, et un bébé, c'est une chance. C'est l'espoir de faire mieux, c'est la promesse d'un amour qui fonctionne. C'est la croyance que, même brisés, vous pourriez triompher de votre propre abandon. Qui n'a jamais échoué par espoir ? Je sais à quel point ce sentiment porte en lui nos désirs profonds et avec lui la force, le mensonge, la croyance, l'aveuglement, la réussite ou la défaite. L'espoir est une passion qui, comme toutes les passions, élève et déchire.

J'aime imaginer votre émotion en découvrant cette grossesse qui me portait et portait vos aspirations. Quelles que soient les histoires, nous ne faisons des enfants que pour nous-mêmes. J'aime imaginer ma mère faire l'effort de manger, voir son corps lui échapper pour me laisser une place. J'aime t'imaginer oublier tes histoires anciennes pour embrasser celles à venir. J'aime imaginer ce temps où vous avez cru que vous pourriez m'aimer et être aimés simplement. J'ai au fond de moi cette certitude si profonde d'avoir été attendue qu'elle ne peut être qu'une vérité.

Pourtant quel poids pour un frêle bébé d'être ce prodige, ce sauveur qui ne vient pas bouleverser votre vie mais en atténuer le chaos. Mes fantasmes de toute-puissance ne viennent pas de nulle part, je me suis créée avec eux. La réalité, elle, est que je n'étais qu'un bébé sans défense, un bébé dépendant comme le sont les bébés. Je me souviens de la violence de tenir mon premier enfant et d'avoir eu la pensée horrifiante que je pouvais décider de le laisser tomber. Je l'avais dans les bras et une voix dans ma tête me mettait face à ma responsabilité en me répétant sans cesse : il ne peut rien faire si tu décides de le lâcher et qu'il s'éclate sur le sol. Devenir parent, ce n'est pas qu'aimer, c'est accepter d'avoir ce pouvoir déconcertant et décider de ce que l'on doit en faire. Ce pouvoir dont tu as abusé. Devenir parent, ce n'est pas qu'aimer, c'est faire aussi la rencontre d'un bébé dont la force de vie peut vous ébranler.

Si tu pouvais m'entendre, je te répéterais, comme je l'ai répété sans fin lors de ton agonie, ma désolation d'avoir été ce bébé ordinaire, sans magie. J'aurais aimé dormir bien, manger mieux, boire de l'eau. J'aurais aimé ne pas faillir mourir d'une septicémie à neuf mois. J'aurais aimé vous sauver et être autre chose que le miroir de vos propres ratages. Ne doute pourtant pas un seul instant, je vous adorais. Notre histoire est un malentendu dont je ne me remettrai peut-être jamais. Je marche encore aujourd'hui avec des boulets de culpabilité.

Comme on caresse le nouveau-né pour détendre son ventre, pour l'aider à trouver le sommeil, je continue de faire mes mouvements de va-et-vient avec mes lingettes désinfectantes. À croire que je m'hypnotise, car le dégoût du corps marqué de ce père s'éloigne pour ne laisser place qu'à ce que je dois voir : un corps. Je poursuis mon ballet antiseptique sur tes bras devenus trop rigides. Ceux qu'il aurait fallu pour me porter, me rassurer. Mais je comprends que la surprise d'être père t'a laissé les bras ballants. Tu peux te décontracter, je ne suis pas là pour te blâmer, te blesser. Je veux juste raconter mon histoire. Si tu étais vivant, tu me couperais la parole, tu me dirais d'arrêter mes « conneries ». Mais qu'est-ce qu'une vie si ce n'est un récit ? Je pourrais décider, comme nous allons bientôt enterrer ton corps, de l'enterrer aussi. J'ai longtemps pensé que ta mort serait la chance de tout éradiquer. Mais grâce à mon travail, je sais que le recueillement est utile uniquement si, au lieu d'enfouir une histoire, on choisit de se l'approprier. Pour me sentir réelle, pour vivre ma vie, je dois reprendre contact avec toi, mon histoire et mon propre corps.

Il y a bien sûr des histoires faciles à écrire. Celle de l'écrivain qui devant sa feuille blanche s'invente une vie, des amis, des personnages, une romance. Celle du rêveur qui dans son lit revêt ses habits les plus beaux pour conquérir le monde, tout disposé à satisfaire ses désirs. Celle de l'amoureux transi qui s'aveugle et redéfinit l'autre pour en faire le miroir de toutes ses espérances.

Et il y a des histoires compliquées. La plus grande de toutes, celle de la famille, doit être collective, écrite à mille mains et mille regards, faite de refoulements, de fantasmes et de dénis. Il faut chercher des ponts, des raccourcis, des issues de secours. On fait front ensemble pour adoucir les sentiments de chacun, à la recherche de liens qui ne sont que des mots, des positions, des valeurs, des souvenirs en commun. On se met d'accord sur une biographie domestique qui convient à tous car elle ne fait de mal à personne. Ce n'est pas un idéal mais l'unique moyen de ne pas se battre jusqu'à la fin. Seulement, parfois, dans les familles comme les nôtres, les drames vécus individuellement sont tellement furieux qu'ils empêchent de créer un récit commun et donc un sentiment d'appartenance. C'est vivre une solitude dans la foule. Cette histoire, qui comme chaque histoire est racontée pour se sentir en sécurité dans une communauté, devient alors un conflit, un silence. Rappelle-toi la violence de tes insultes pour me rendre taiseuse. Comprends alors que, devant ta dépouille, j'ai cette unique chance d'écrire mon histoire pour me faire un trou, au lieu de creuser comme toi ma propre tombe. Je ne veux pas d'une fosse, je veux un espace où, comme ta bouture, je pourrai prendre racine et pousser. Je n'étais qu'atrophiée sous ton ombre.

Cette histoire commune qui n'était pas possible a provoqué chez moi cette obsession pour les mots. Sans lien possible à tisser, ils n'ont pas été des béquilles amies mais des tyrans omniprésents, brouillant mon esprit contrarié de doutes et de questionnements sans réponse. Ils étaient partout, de nuit comme de jour, à l'origine de tous mes maux. Ne parvenant pas à articuler une narration, je les malaxais, les torturais, les retournais dans tous les sens sans arriver à autre chose qu'à épuiser les autres et moi-même. Aujourd'hui, me réconcilier avec toi, c'est me réconcilier avec eux. On ne peut plus blesser un mort, il ne peut plus nous répondre. C'est un moment avec soi, un nouveau chapitre qui s'écrit. Perdre un proche, c'est une possible réinvention de sa vie.

Lorsque l'on travaille dans les services funéraires, on se fait discret. Nous ne connaissons pas l'histoire des familles, ni leur rapport avec le défunt. Nous écoutons. Nous sommes cette présence silencieuse qui les laisse s'exprimer. C'est le vrai cœur de mon métier : recueillir la parole des vivants pour leur permettre de se recueillir le plus calmement possible sur leur mort. Tout le reste n'est que gestes techniques. Évidemment, nous n'avons pas beaucoup de temps, certainement pas assez, ce qui explique sûrement que le mot que j'entends le plus est « fidélité ». Ils sont obsédés par l'idée d'être fidèles au mort. Je reçois cette consigne sans rien dire mais je ne peux pas m'empêcher de penser que si nous avions quelques jours de discussion, cette fidélité s'effacerait, pour leur bien, au profit de leurs besoins. Au lieu de nous confier leur mort, ils nous confieraient leur secret et enterreraient leur proche le cœur plus léger.

Ce que j'essaye de te dire, c'est que la vie est une fiction comme une autre. Je me raconte une histoire, j'en raconte une aux autres qui se racontent des histoires et en racontent aux autres. Les plus cyniques parlent de mensonges, je préfère parler de survie. Que serait une vie où l'on regarderait la vérité toute crue en permanence ? Que serait une vie sans un fil conducteur auquel se raccrocher dans les moments d'errance ? Je peux répondre à cette question. Ce serait ta vie. Le fil serait, non pas celui où te raccorder les jours de vide, mais un fil suspendu sur lequel, comme un funambule, tu avancerais en équilibre avec le risque de chuter à chaque instant.

Je veux trouver mon histoire. Je ne veux plus danser dans les airs. Je veux la sécurité du filin. Te veiller, c'est prendre le temps de le tisser pour trouver ce repos. C'est un exercice d'exorcisme par le récit pour chasser mes démons, une douleur morale qui me hante. Ton corps est ma feuille blanche.

Alors, si parler à nos morts, c'est se parler à soi-même, j'aimerais commencer à parler à ce petit enfant que j'étais et lui dire : trahis. Trahis avant qu'il ne soit plus là, trahis de son vivant. Trahis sa folie qui va t'emporter avec lui, trahis pour éloigner sa violence. Je vais désinfecter tes mains, je risque d'être plus brusque car écarter tes doigts demande déjà un effort. Trahis car la trahison a deux sens. Trahir, c'est tuer l'innocence de l'autre. Trahir, c'est aussi s'échapper. Les pères ne sont pas toujours innocents. Ne pas obéir à leur loi, c'est parfois remettre de l'ordre. J'aimerais lui dire à cet enfant, trahis ta patrie, trahis ton dieu, trahis ton roi, trahis ton sang. Tu n'es ni soldat, ni bonne sœur, ni sujet, ni âme sœur. Je lui dirais qu'on ne peut pas aimer les gens qui ne peuvent rien recevoir, qu'on ne peut pas sauver les gens qui sont atteints d'un mal incurable. Je lui dirais prends soin de toi. Je lui dirais renonce. Renonce à cet amour absolu qui n'est que le chemin vers une blessure intense, une marque au fer rouge.

Mais ma mise en garde est-elle sincère ? En te regardant maintenant, je me dis qu'avec le renoncement s'effaceraient aussi tous les vertiges que tu m'as procurés… Je ne suis pas sûre de vouloir vivre sans leurs souvenirs. Passer sous silence la jouissance de nos dérèglements, ce serait mentir. J'ai aimé ça comme on aime un chef-d'œuvre. Quelle beauté que l'oubli de soi dans les moments de grandeur. Si l'immortalité existe, c'est pour moi sa définition.

Tu m'as transportée, transcendée comme seuls les fous ou les illusionnistes peuvent le faire, tel un magicien qui vous éblouit pour cacher le noir. Aujourd'hui encore, je cherche ton remplaçant dans l'ennui. Personne ne fait jamais le poids, personne ne brille jamais assez. C'est la grande contradiction de ma vie. Être à l'affût de cette transe tout en savourant de ne plus la trouver, car par son absence s'éloigne aussi l'excitation qui vous prend, vous vivifie et vous recrache exténué. Vivre avec toi, c'était comme prendre son pied trop souvent, expérimenter la petite mort sans avoir l'espoir de reprendre son souffle. Et pourtant… Mes amis, mes amours, mes collègues ne m'épuisent pas assez. Ils n'ont pas l'éclat de mon enfance. Je suis toutefois reconnaissante car ces mêmes éclats peuvent aussi devenir des lames qui vous tranchent, vous abîment, vous laissent des cicatrices indélébiles malgré tous les traitements. Mais je leur en veux, un peu, de me tuer, un peu, par leur banalité.

Tu te souviens comme nous étions irrésistibles ? Nous étions seuls au monde, somptueux, gonflés de prétention et d'orgueil. Nous étions invincibles et le panache – cette *pudeur de l'héroïsme, comme un sourire par lequel on s'excuse d'être sublime* – était notre devise. J'aimerais tant pouvoir trouver des mots assez puissants non pas pour le dire mais pour le revivre. En prenant soin de toi aujourd'hui, je vais tenter de retrouver ce feu qui nous brûlait aussi pour mon plus grand plaisir.

Récemment, au gré de mes balades imaginaires, j'ai parcouru un texte de Bataille dont je chéris le nom comme l'œuvre. J'y ai trouvé la définition que je n'aurais pas su écrire :

Je suis le résultat d'un jeu, ce qui, si je n'étais pas, ne serait pas, qui pouvait ne pas être.

Je suis, dans le sein d'une immensité, un plus excédant cette immensité. Mon bonheur et mon être même découlent de ce caractère excédant.

Et j'ai compris l'origine de mon enchantement de toute petite fille. Le jeu est l'essence même de l'enfance et tu m'as appris à jouer comme personne. Apprendre à jouer, pour de vrai, c'est se sentir au-dessus de tout : des lois, de la morale, des injonctions, du sérieux. C'est rejeter la superstition, le divin, le hasard, la stratégie ou le destin. C'est miser son être tout entier et ressentir la possibilité de l'inconnu qui va s'abattre. C'est avoir les cartes en main puisque cet inconnu ne dépend que de nous. On ne meurt jamais en se sentant si vivant. Le prix à payer est d'accepter une part de danger car, sans risque, le frisson ne vient pas. Mais lorsque l'on est cette petite fille et que l'on joue avec ce père qui – on le croit – nous protégera de tout, alors on joue, on joue et même quand on frissonne un peu trop, on se dit qu'il sera toujours là.

Vivre avec toi, c'était un ticket à vie dans un parc d'attractions. Il y a des gens qui détestent et désertent. Il y a des gens qui font la queue deux heures pour deux minutes de frisson. Je fais partie de la seconde catégorie. J'aime la peur qui rend vivante, qui pulse dans le vagin, qui retourne dans tous les sens. Amour, roulettes russe ou anglaise, tout me bouscule.

Au début, nous avons commencé mollo, par des jeux innocents. Tu étais cet homme en costume-cravate, qui dès qu'il passait la porte de la maison, mettait son habit du soir. Un slip blanc. Je me souviens que chaque jour, à vingt heures, tu rentrais de ton travail de cadre juridique que nous ne comprenions pas, et tu te mettais à quatre pattes dans l'entrée pour nous faire chevaucher ton dos comme on chevauche un cheval. Nous partions pour des heures d'aventure à travers l'appartement, nous en hurlant « Au galop ! » et toi, en t'écorchant les genoux. Je n'ai jamais réussi à le faire plus de cinq minutes à mes enfants tant la douleur m'arrachait des larmes. Si je ne sais plus jouer, pour toi le jeu en valait toujours la chandelle. Le luxe de notre allégresse méritait de faire couler ton sang. Je te regarde maintenant, avec ta peau de cire, et je veux que tu saches que tu as été une bougie dans ma petite enfance. Une lumière, une chaleur, une flamme. Certes, elle vacillait déjà, mais le feu était trop grand pour que je n'en fasse pas fi. J'ai tant de beaux souvenirs.

Laisse-moi te parler d'un de mes jeux préférés. Si tu pouvais sentir le rythme de mon cœur, les vibrations de mon corps en convoquant ma mémoire... Nous vivions dans un milieu petit-bourgeois où la norme était de bien se tenir. Être donc droit dans son corps, dans sa tête et dans ses bottes. Personne ne pensait à remettre en question quoi que ce soit même si les valeurs valent ce qu'elles valent et que rien ici n'est mathématique mais le fruit sinistre d'une éducation catholique. Les familles considéraient que tout allait bien si les enfants ne mettaient pas les coudes sur la table, fermaient leur gueule et apprenaient à dire « pardon » après s'être pris une gifle. Nous étions éduqués pour avoir l'air polis, propres, ne pas déranger, et nous collectionnions, comme à l'école, les bons points pour devenir de jolies images. Il faut comprendre la culpabilité, à cette époque et dans ce milieu, de faire un écart de pensée ou de goût. La peur était tellement puissante que nous nous punissions seuls, juste par la force de la pensée, celle d'avoir fauté. Seulement, voilà, deux fois par semaine, tu faisais tout péter car nous allions au restaurant.

Pardon, je ne passe plus ma lingette, je te frotte énergiquement comme l'on frotte un bébé qui, à la naissance, peine à réagir. Je devrais savoir qu'on ne réveille pas un mort. Si tu étais vivant, tu pourrais pourtant répondre à cette question : pourquoi ? Pourquoi, alors que tout Dijon sortait le soir et devenait le témoin de nos débordements, nous avions le droit de faire tout et n'importe quoi ? Que souhaitais-tu nous dire ?

Au restaurant, nous nous tenions mal et c'était le départ de soirées magistrales. Je prenais des pâtes carbonara, tu prenais un calzone, nous prenions tous un banana split, un irish-coffee et des kilos de fous rires plus bruyants que toute la ville réunie. Tu organisais nos saturnales. Les barrières sociales disparaissaient, les rôles s'inversaient, les enfants devenaient rois, nous obtenions tout ce que nous voulions. À tel point qu'à sept ans ma sœur et moi buvions monacos et panachés sous les regards outrés. Concours de blagues, gros mots, provocations, tout était permis et accueilli par ton hilarité. Nous étions les fous du roi. Plus nous étions bruyantes, plus nous nous moquions de tout, plus tu nous regardais avec cette fierté qui nous transportait. Quand nous sortions de cette pizzeria où nous avions nos habitudes et qui s'appelait « La Comédie », la nuit semblait être tombée pour cacher notre débauche, telle une complice amie. Tapis dans l'ombre et alcoolisés, notre témérité était décuplée et nous savions que le premier prix reviendrait à celle qui trouverait la nouvelle idée. La nouvelle idée qui nous ferait mourir de rire. Tant de fois j'ai cru sentir mon cœur s'arrêter tellement nous étions secoués par les spasmes, tant de fois j'ai été au bord du malaise. Je n'étais plus que déflagration et Dijon, notre terrain de jeux, nous la prenions d'assaut.

Je suis devant tes orteils et me vient l'envie, par plaisanterie et hommage, de les aseptiser en égrenant ces petits boudins de Notre Père comme on égrène un chapelet. Un orteil par jeu, ceux que nous faisions ces soirs de Byzance. Ce sera certainement ma seule prière mais elle t'est entièrement destinée.

Boudin un : l'appel anonyme. Dépenser des fortunes dans les cabines téléphoniques pour le plaisir d'entendre « Allô » et de répondre « À l'huile ».

Boudin deux : le réveille-malin. Sonner chez tous les habitants d'un immeuble endormi, avec insistance, attendre qu'une fenêtre s'ouvre, qu'une voix s'élève pour détaler, se perdre et passer des heures dans les rues désertes en hurlant comme des loups à la recherche de leur meute.

Boudin trois : les courses de poubelles. Fourrer un enfant dans chaque benne, crier « Un, deux, trois, partez ! » et vous voir nous faire rouler en courant comme des sauvages avec le premier croisement pour ligne d'arrivée. De préférence sur la route, pour l'amusement d'une voiture qui klaxonne.

Boudin quatre : pétard-dans-le-noir. Des mammouths plein les poches, cachés dans les buissons pour terroriser les passants. La partie la plus jouissive du jeu était de devoir rire en silence en les voyant chercher le « petit con » qui les avait balancés.

Boudin cinq : le zob-buée. Trouver la voiture la plus chic et souffler, souffler, souffler pour dessiner un sexe le plus grand possible.

À mi-parcours de mon chapelet, j'invoque nos inventions, celles qui sont à nous et ne resteront qu'à nous. Celles que je chéris souvent car, lorsque j'y pense, je retouche cette insouciance qui me faisait oublier à quel point ces jeux étaient bons car ils étaient limites, pour ne pas dire dangereux à un âge où la raison ne nous appartient pas encore. C'est en devenant mère que j'ai repris conscience et ai perçu ta folie et ma folle confiance. T'en vouloir serait stupide tant j'ai été traversée d'une joie fracassante. Le jeu en valait la chandelle et me brûler à tes côtés fut une expérience délicieuse.

Boudin six : tapage nocturne. Marcher en famille et lâcher un gaz bruyant en se retournant vers le premier passant et dire, la voix haute et assurée : « Vous n'avez pas honte monsieur. À notre époque, il n'y a vraiment plus de bienséance. » Pour te rendre fier, j'en oubliais ma timidité maladive.

Boudin sept : l'alléluia. Entrer dans une église, se signer à l'eau bénite, réciter « Sainte Marie, Mère de Dieu, priez pour nous pauvres pécheurs, maintenant et à l'heure de notre mort » et fourrer des cierges plein ses poches. Avant de partir, se serrer la main et dire « Sans foi ni loi, le pet du Christ ».

Boudin huit : le sens interdit. Comme une règle oulipienne, la contrainte était simple. Prendre la voiture et ne jamais être dans le bon sens.

Boudin neuf : la luge d'été. La moto, une corde, une vieille luge. Tu nous as tractées, nous avons rigolé, tu as freiné, nous avons continué de glisser jusqu'à ce que nos fronts frappent la plaque d'immatriculation, pleurant de notre bêtise. De rire ou de douleur, je ne m'en souviens pas.

Je n'aurai jamais assez de tes dix orteils pour tout dire et je ne crois pas avoir envie de faire de nos exploits une vulgaire liste de courses. Mais je tiens à te parler du plus précieux de nos jeux. C'était le bonheur à l'état pur, les dents blanches dans la nuit noire, la mélodie de l'eau et des cris joyeux, la brûlure du froid et de nos cœurs. Nous vivions du Fellini sans le savoir, héros de la ville endormie, brigands, voyous majestueux. Ces soirs-là étaient de la poésie d'une telle force que je ne peux plus en lire, tant rien n'arrivera à toucher du doigt cette grâce vécue. Tu étais le créateur d'une vie absolue dont l'absence restera toujours plus terrible que la tienne. Peut-être est-ce le drame de ta vie. Quand on est trop doué, notre œuvre nous surpasse et nous laisse dans l'ombre. On connaît la *Recherche*, mais si peu de Proust…

Boudin dix : le bain de minuit. Nous n'avions pas la plage mais nous avions les fontaines publiques. Et les grands soirs, nous nous mettions tous dans ton habit du soir, en slip, et prenions des bains glacés. Il n'y a rien d'autre à dire.

Il y avait du divin dans ces bouffées délirantes. Il fallait du pouvoir pour nous permettre ces folies. Comment voulais-tu ne pas être mon roi ? Moi qui suis, encore, à l'instant, à tes pieds.

J'ai fini. Tu n'es pas propre mais j'ai prévenu la propagation d'éventuelles maladies. Et je te sais si contagieux…

En frottant ton corps, il s'est un peu détendu. En frottant ton corps, le mien s'est crispé. Nos saturnales, elles aussi, avaient une fin. Dans l'Antiquité, l'esclave retrouvait sa place ou se faisait tuer. Pour tes enfants, la sentence était lancée d'une voix grave : « Extinction des feux, tout le monde descend. » Et nous partions nous coucher, mais la descente n'était pas facile. Pour tout t'avouer, je ne suis pas sûre d'être encore tout à fait descendue.

Tu buvais déjà depuis longtemps, mais l'alcool ne faisait qu'exciter nos jeux, nos histoires. Il n'était pas encore poison mais douce potion magique. Seule ma mère semblait y voir un problème, et je la détestais d'être cette empêcheuse de tourner en rond. Elle participait à nos folies les soirs de restaurant mais ne jouait plus le jeu les soirs de vos réceptions. Des fêtes incroyables où les planètes semblaient s'aligner pour laisser place à la liesse. L'après-midi, on se chauffait. C'était la générale. On mettait nos costumes du soir, on sortait la vaisselle, les cendars, on déplaçait tous les meubles avec la promesse de rocks endiablés, on préparait la musique, on répétait nos blagues pour nos convives, nos figurants, notre cour. Nous étions les assistants d'un metteur en scène d'une java annoncée. Je dois dire que le succès était toujours au rendez-vous mais, en coulisse, le décor commençait à se fissurer. À peine les invités partis, les bruits joyeux étaient immédiatement remplacés par des disputes, des cris étouffés et des pleurs dans la cuisine. Rien n'était très clair, mais nous avions compris que tu avais un problème avec « le pinard ». Mais j'étais ta fille, le fidèle sujet du roi que ma mère voyait bouffon, et je ne comprenais pas cette femme qui te mettait une pression constante pour que tu arrêtes ta

Villageoise, ta piquette, et ne supportait plus que tu sois comme ton propre père et toute ta famille de dégénérés. Dégénérés que je trouvais somme toute à l'époque sympathiques. Son côté terrien était un tel trouble-fête que je m'entends encore penser « les femmes, ces rabat-joie. On a rarement vu des mecs être aussi casse-couilles ». J'étais tellement heureuse qu'on me donne les billes pour cracher sur mon ennemie et te voir dormir non pas dans votre lit mais sur le canapé à côté de ma chambre.

Depuis, j'ai compris. Les meilleurs joueurs savent piper les dés. Les cartes étaient distribuées pour que tu sois toujours le gagnant. Ma mère était mon esclave omniprésent – alors que toi, mon père, au contraire, tu n'apparaissais que rarement mais tel un prince au cheval très vingtième siècle : une Varadero 1 000 cm^3. Avec ma mère, nous partions à l'école, avec toi au lac de Panthier où tu nous payais des bières. Avec elle, nous faisions nos devoirs, avec toi de la photographie et du cerf-volant. Avec elle, nous écoutions des supplications sans fin sur les sacrifices qu'elle faisait pour nous qui n'avions rien demandé, avec toi, de la musique à fond la caisse dans la voiture à la délicieuse odeur de Marlboro l'hiver et de

Winston l'été. Tu ne changeais pas de garde-robe en fonction des saisons. Plus chic, tu changeais ta marque de cigarettes.

Aujourd'hui, c'est la dernière. On va fermer le rideau. Il n'y aura plus de représentation. Il faut dire qu'il était temps de quitter la scène. J'aimerais pourtant que ces souvenirs deviennent flocons dans une boule à neige et les secouer, les réveiller, les refaire danser sous mes yeux. Cette magie serait pourtant bien noire car, comme Narcisse, je risquerais d'y plonger le regard et de ne pas m'en sortir. On ne retrouverait pas de fleurs blanches mais mon corps fané de désespoir.

Pourquoi grandir, c'est aussi arrêter de croire ? Aux jeux, en nous, en nos pouvoirs. C'était le tendre temps de la pensée magique. Tu étais à la fois le héros, le sauvage, le père Noël, la petite souris, le père Fouettard. Tu étais humain et animal. Tu étais un mirage qui s'adaptait à nos fantaisies. Tout était possible, rien n'était grave, il suffisait d'y croire. Tu ne nous racontais pas des histoires, tu nous les faisais vivre. Tu as posé dans un coin de mon être que j'étais aussi une fée, un monstre, une reine, une sorcière. Cela me permet, dans les moments de tempête, de traverser la vie en n'étant plus moi-même mais cette créature magique qui pourra s'en sortir. J'ai des relents de toute-puissance et, encore aujourd'hui, rien ni personne ne pourra m'enlever la certitude qu'un soir de mes six ans, j'ai volé. La sensation est si nette qu'elle sera toujours plus vraie que n'importe quels arguments raisonnables.

Si je peux te parler aujourd'hui, c'est parce que même si tout n'est que mensonge, tu m'as appris que le principal c'est de le croire vrai.

Si je veux te parler aujourd'hui, c'est parce qu'en grandissant je me suis sentie tellement trahie que ma vie entière avait perdu son sens. Les mots magiques sont devenus assassins. Je ne croyais plus en rien, pas même en la possibilité d'être vivante.

Je ne sais toujours pas si je dois te remercier ou t'en vouloir.

Mais ce que j'appelle nos jeux n'en était pas pour toi, n'est-ce pas ? Je l'ai compris à la fin de ta vie où tu étais à nu, sans plus de force pour jouer la comédie. Tu étais fou, juste fou. Alors que tu étais cloîtré chez toi, dans un état minable, tu nous appelais pour nous raconter tes nuits en tant que haut placé à la brigade criminelle de Dijon, les procès que tu avais menés en tant que magistrat. Tu étais encore ce petit garçon qui croyait rendre la justice, ce super-héros. C'est allé si loin que tu as menacé ton aide ménagère avec un pistolet factice. Tu étais si convaincant qu'elle s'est échappée de ton appartement en hurlant et a prévenu la police. Ils sont arrivés en trombe à dix, armés jusqu'aux dents. En découvrant le jouet, ils ont ri, avant de repartir en t'ordonnant de ne plus reproduire ce genre de débordement. Tu m'as appelée et ta version était lunaire. Ils n'avaient pas ri de soulagement ni de ta mauvaise blague. Ils avaient ri car c'étaient « tes gars », ils s'étaient retrouvés nez à nez avec le commissaire Quantin qui leur donnait des ordres le reste du temps. Ils avaient ri en découvrant ton arme de service. Tu avais partagé un moment amical avec tes collègues et la conclusion fut : « Quelle connasse cette femme. Si j'avais voulu la tuer, elle aurait dû voir que j'avais un sabre. »

C'est comme ça que j'ai compris que tu avais et que tu n'avais pas abusé de ma confiance. Ce n'étaient pas des mensonges, c'était ta réalité. La réalité d'un adulte qui vit sous psychose, perfusé à l'imagination. La pensée magique ne t'a jamais quitté. À aucun moment de ta vie. Tu ne mentais pas quand tu étais pilote d'avion ou grand ami de Jane Birkin. Tu mentais quand tu étais cadre juridique et père de trois enfants. Mentir, ce n'est pas forcément mentir aux autres, c'est parfois uniquement se mentir à soi-même.

Je te vois maintenant comme un somnambule qu'il était dangereux de réveiller. Et lorsque nous nous sommes battus pour te faire redescendre, tu n'as fait qu'accélérer ton autodestruction. Car en face de toi, il n'y avait plus des enfants complices mais des enfants qui grandissent et questionnent. À mon avis, toi aussi, tu t'es senti trahi. Très tôt, j'ai senti ta folie et elle m'a fascinée et me fascine encore, mais je n'ai pas eu le courage de te suivre et de sauter dans le vide. Parce que ce vide, je l'ai perçu comme une grande liberté dans laquelle plonger mais aussi comme la possibilité d'une chute fatale.

L'amour supporte mieux l'absence ou la mort que le doute ou la trahison.

Tout s'est envenimé vers mes huit ans. À l'âge fatidique de raison, j'ai commencé à te provoquer innocemment pour me construire non plus sur des chimères vaporeuses mais sur une réalité suffisamment solide pour m'y appuyer et m'élever. Tu n'as pas supporté et tu as commencé à me le faire payer. S'est alors ouverte une période de ma vie extrêmement perturbante car, d'une heure à l'autre, tes humeurs changeaient. Nous passions du rire aux larmes en quelques minutes. C'était comme une danse : tu me lâchais pour me faire tourner et, au moment de te retrouver, je ne savais pas si ta main allait saisir la mienne pour valser ou m'envoyer valser d'une baffe foudroyante.

Et il y a eu le week-end de la vraie fracture, celui qui a scellé cette sensation de peur et d'abandon qui m'a laissée comme morte. Tu étais excité. Tu étais même surexcité et ça s'est mal fini.

Le samedi, tu m'as réveillée pour une des plus folles journées de ma vie. Tu avais décidé que nous allions déchirer le papier peint de ma chambre pour dessiner sur les murs. Je ne peux pas dire que j'étais étonnée tant nous avions le droit de nous exprimer sans limite. Je passais déjà le plus clair de mon temps à danser et chanter à tue-tête en me moquant des voisins, à salir les vitres pour y laisser des messages secrets qui apparaîtraient en soufflant dessus, à réaliser des films d'horreur au caméscope, à faire mon cirque toute la journée. Tu étais très fier de mes exploits. Mais, ce matin-là, nous avons tout saccagé. C'était d'une joyeuseté féroce, un festin d'heures à déchiqueter, lacérer, mettre en pièces le papier fleuri. Puis à l'aide de feutres et de vieux bidons de peinture, nous avons commencé à recouvrir toutes les surfaces d'insultes et de dessins plus grossiers les uns que les autres. Pour fêter ça, le midi, tu m'as emmenée au bar manger un croque-monsieur avec parties de flipper au dessert. Et en rentrant, tu as découpé mon tee-shirt, peint en rouge un bâton de bois que tu as glissé dans la fente. Tu m'as dit « Fais la morte » et tu m'as portée dans tes bras pendant les trois étages qui menaient à notre appartement. Ma mère a ouvert, tu as dit « Appelle les secours, elle s'est empalée dans la cour ». Ma mère est tombée dans les pommes. J'ai eu peur, tu pleurais de rire. Mais j'ai quand même trouvé la blague très bonne. Puis le soir, ce fut l'apothéose. Nous étions tous dans la cuisine pour dîner. Il y avait de la salade, du couscous sur la table. Je ne sais pas comment ni pourquoi mais je t'ai vu prendre une pleine poignée de semoule dans le saladier en hurlant « Bataille de bouffe ! » avant de nous la jeter dessus. D'un coup, tout le monde en avait plein les mains, nous n'avons rien mangé mais nous avons retourné la cuisine. Je me souviens d'avoir rampé jusqu'à la salle de bains pour me laver tellement le sol glissait. J'ai rarement autant ri. Je me suis couchée hilare, dans l'odeur d'épices et un décor de bites.

Le dimanche, tu ne m'as pas réveillée, tu dormais. Alors pour te remercier du samedi, je me suis levée pour te préparer une surprise. J'ai commencé à transformer un petit meuble en bois à l'aide de cirage à chaussures. J'ai mis tout mon cœur à le colorer d'un splendide vert bouteille. Je suis allée te chercher, aussi excitée que toi la veille, je t'ai montré mon œuvre et tu m'as giflée avec une telle force que mon oreille s'est mise à siffler. Pas assez fort pour ne pas entendre les insultes qui se sont abattues. J'étais une conne, une débile, une vraie merde. Mon incompréhension m'a laissée comme morte.

Longtemps, j'ai cru que seul l'alcool t'avait pris ta gentillesse, ta conscience, ta logique. Maintenant, je doute qu'il t'ait tout volé. Tu as été violent et tu n'as pas été violent parce que tu buvais. Tu as été aussi violent parce que je ne jouais plus. Tu as été sadique et tu n'as pas été sadique parce que ton état de santé se dégradait. Tu as été aussi sadique parce qu'à tes yeux je l'étais tout autant de te mettre face à tes dénis. Tu n'avais pas la capacité de remettre ton point de vue en question, mais quand une meute commence à vous en faire douter, il y a deux chemins. Le soin ou la radicalité. Et tu as pris les armes, les armes pour te protéger de l'assaut familial.

Laisse-moi pourtant te dire une chose. J'ai encore de l'amour et malgré ta dangerosité, je ne te laisserai pas tomber. Tu es mon Minotaure, un homme-monstre qui, comme tous les hommes, émeut et déçoit et, comme tous les monstres, fascine et tourmente. Un jour, il n'y a pas si longtemps, en Uruguay, j'ai vu une femme s'encorder pour aller nager dans l'océan déchaîné. Elle défiait les éléments en toute sécurité. Ce jour-là, j'ai su qu'il me fallait, tels Thésée et cette nageuse folle, un fil pour explorer le labyrinthe de ma petite enfance. Ce fil est mon présent, la chaleur de mes enfants, la passion qu'est mon travail, l'amoureux qui m'attend. Je viendrai te rendre visite, je t'approcherai le plus souvent possible. C'est le contraire de l'abandon, c'est le contraire de l'oubli, alors ne sois pas triste. Ancrée, je peux à nouveau explorer notre passé pour te faire vivre, et quand le péril sera trop grand, je me tirerai jusqu'au rivage. Je n'aurai jamais besoin de te tuer.

Beaucoup des endeuillés veulent oublier. Oublier la tristesse, la violence d'une mort. C'est un cauchemar dont ils veulent se réveiller. Pour moi un deuil, c'est au contraire choisir ce que l'on veut garder. On trie l'appartement, les objets, les papiers, les souvenirs. Il n'y a pas de mal à vider. Ce serait trop lourd, trop encombrant, envahissant de tout archiver.

Mais alors que faut-il conserver ?

Je me pose cette question alors que nous allons commencer ensemble les soins de conservation pour retarder ta thanatomorphose, soit l'ensemble des altérations morphologiques déterminées par la mort. Pour le dire simplement, je vais stopper ton pourrissement.

Mon matériel est prêt. Une pompe électrique pour drainer tes liquides biologiques ; un bidon de cinq litres d'un mélange d'eau et de formol pour te l'injecter ; des poches pour stocker ton sang et le contenu de ton estomac et ta vessie. Ces poches qui seront collectées plus tard pour être incinérées. Avec ce que tu t'envoyais dans le gosier mixé à ton caractère incendiaire, reste à savoir si elles ne vont pas tout simplement exploser tel un cocktail Molotov. Le petit dernier pour la route.

Rien de tout ça n'est obligatoire mais, en l'absence de directive de ta part, nous l'avons décidé avec mes deux sœurs, tes deux filles. Non pas pour nous recueillir dans trois jours, te veiller, assister à la mise en bière ou éviter un traumatisme visuel à qui que ce soit ; je crois simplement que nous pourrions payer tout l'or du monde pour éviter d'avoir à subir, encore, ta décomposition. Nous l'avons assez bouffée de ton vivant. Voilà pourquoi je vais t'injecter maintenant un mélange de produits hautement chimiques, cancérigènes et polluants. Au vu de ce que tu t'es foutu dans le corps, ça ne changera pas grand-chose. Et puis, c'est un clin d'œil à notre relation. Je le vois comme une petite revanche. Tu étais ce magicien qui transformait nos vies en y glissant l'idée de la mort ; être thanatopracteur c'est être un magicien qui transforme nos morts en y glissant de la vie. Enfin l'illusion de la vie… Chacun trouve en lui le moyen de tricher.

L'idée de ta décomposition m'amène à cette question : quand est-ce que j'ai compris qu'il y avait quelque chose de pourri au royaume de mon père ?

J'ai eu besoin de mes sœurs pour le déceler. Fille unique, tu m'aurais embarquée avec toi. Mon amour pour toi était trop fort, tout comme mon attirance pour la folie. Mais, mes sœurs, je les adorais comme je les adore encore et, si mon amour pour toi était aveugle, mon amour pour elles m'a contrainte. J'ai dû ouvrir un peu les yeux. Je m'excitais encore mais, pour elles, j'ai commencé à avoir peur. J'ai eu peur quand ma sœur déjà née et haute comme trois pommes m'a confié qu'elle était trop bourrée derrière ta bécane et qu'elle avait failli tomber. J'ai eu peur pour mon autre sœur pas encore née mais que portait ma mère que tu as frappée en plein visage, car elle n'avait pas acheté la bouteille que tu voulais. Quelque chose déconnait. En y réfléchissant, tes histoires ne tenaient pas debout. Pire, elles nous mettaient en danger.

Bien sûr, tout n'était pas si simple. J'étais bien trop petite pour le formuler et pas un instant je n'ai remis en question notre amour. Aujourd'hui, je te dirais que tu n'as pas fait ta part du marché car l'amour est un pacte. Un pacte qui signe l'acceptation des mensonges de chacun à condition de respecter la sécurité de tous. Je crois aux ambitions de mon mari, il me fait croire que je suis la plus belle. L'inverse marche aussi. Je crois à la supériorité de mes enfants, ils me font croire que je suis la plus merveilleuse des mamans. Il y a des pactes tenables, car plutôt innocents, qui viennent cajoler notre bon narcissisme. Ce que tu nous demandais était un pacte d'amour mais il était, lui, intenable, invivable, car il ne réveillait que la destruction que nous portons en chacun de nous.

À partir de là, j'ai douté. Je n'ai pas jugé, ni pris parti, ni bataillé. Seul le doute s'est immiscé. Notre relation n'était plus une forteresse en brique mais un château de cartes qu'un coup de vent pourrait faire voler. J'ai été prise d'une panique sans nom, d'un stress impossible. Je sentais constamment au-dessus de ma tête une épée de Damoclès et dans le cœur le tic-tac d'une bombe prête à exploser. Je ne comprenais pas mais je comprenais. Je ne discernais pas d'où venait le danger mais je le sentais rôder. Je ne trouvais pas les mots, je ne trouvais pas de preuves. J'ai pourtant soupçonné que la chute serait intense, vertigineuse et que je ne tomberais pas de haut comme une enfant qui apprend que le père Noël n'existe pas, mais que je me fracasserais comme une enfant qui apprend que son père était en fait une illusion bien rodée. Encore aujourd'hui, j'ai de vraies terreurs dans l'avion, l'ascenseur et dans tous les endroits où les dégringolades peuvent éventuellement devenir incontrôlables.

Je commençais à deviner tes ficelles, tes artifices. Tu n'étais plus seulement cet homme solaire qui semblait faire rire tous tes amis, organisait des fêtes mémorables faites de danses, de cris, de bons mots et de provocations jouissives. Tu gênais aussi. Les rires sonnaient à mes oreilles de plus en plus jaunes, les danses devenaient de plus en plus bancales, les cris de plus en plus violents, les mots de plus en plus méchants, les provocations de moins en moins fines.

Ta décomposition physique, plus tard, m'a obligée à expérimenter la honte et le dégoût, mais la décomposition de notre relation a été la plus douloureuse. Elle n'était pas frontale mais lancinante, insidieuse. C'est comme la maladie qui, avant de se déclarer, vous envoie des symptômes assez forts pour la sentir, assez faibles pour ne pas trop s'en inquiéter. C'est un entre-deux où vous ne savez pas si c'est vrai ou si vous vous racontez des histoires. C'est une gêne, quelque chose qui démange.

Après les étapes de drainage et d'injection qui arrivent, tu resteras mort et rien ne pourra me faire oublier l'horreur de ces années mais, comme le produit va ressusciter légèrement tes couleurs, j'espère aussi en redonner à mes souvenirs. Pendant longtemps, j'aurais donné mon âme pour ne plus jamais y penser, les effacer. Je me promenais la tête baissée avec l'impression que ma cicatrice était encore si béante que n'importe qui pouvait me lire comme un livre ouvert. J'étais les tripes à l'air à la merci des vautours. Il m'a fallu du temps pour me régénérer suffisamment, me créer une nouvelle peau, cicatriser et laisser ces souvenirs vivre par eux-mêmes sans les craindre comme des infections honteuses et mortelles.

Si je rêve de pratiquer ce soin à la manière d'une archéologue de notre vie, je vais devoir commencer par t'ouvrir comme on éventre la terre pour la fouiller. Derrière ta graisse, derrière tes muscles, derrière ta jugulaire, je vais crocheter les tissus, les séparer, les creuser pour aller chercher l'artère, ta carotide. Ne t'inquiète pas, toi qui avais horreur du sang, il n'y en aura pas. Tu es mort.

Mais laisse-moi te confier le plus simplement possible que si, d'habitude, je réalise ce geste technique comme je réaliserais n'importe quel autre geste, tu n'es pas comme les autres. Je le redoute car, de ton vivant, j'ai tant rêvé de te planter d'un coup de canif, de te crever, de t'égorger dans ton sommeil. J'ai peur de me souvenir de notre violence. J'ai peur de la réveiller. J'ai peur qu'elle me dévore à nouveau au lieu de me soutenir.

Tu te souviens qu'à mes huit ans j'avais décidé d'être médecin légiste ? Mon incompétence en sciences m'a sauvée de ce qui aurait été une erreur de parcours. Je suis heureuse d'être avec toi aujourd'hui. Décortiquer les cadavres ne m'aurait pas permis de trouver le type de réponse que je cherchais. On peut farfouiller le crâne de n'importe qui, il ne vous révélera pas ses secrets ni ses tours de passe-passe. En découvrant le métier de thanatopractrice, j'ai compris que préserver les corps, c'est aussi préserver leurs énigmes. C'est une résilience, un renoncement, car quitter le fantasme de tout comprendre pour soigner, c'est choisir de quitter cet état puéril où, pour éloigner la monstrueuse fragilité du vivant, on s'oblige à se croire tout-puissant. Le revers de cette volonté de prise en charge absolue est la culpabilité terrible qui n'est que le déguisement du sentiment d'avoir une prise sur les choses, les hommes. En découvrant le métier de thanatopractrice, j'ai alors compris cette simple chose : prendre soin n'est pas toujours soigner, dans le sens de guérir. Mais ne va pas croire que c'est facile. Sache qu'avant de trouver ce chemin, je me suis usée à essayer de te comprendre. Car, dès lors que je décidais de laisser tomber, je voulais en finir. Me laisser tomber. Je me mettais près de la fenêtre et je pensais : si c'est ainsi, alors saute. Être médecin aurait été la continuation de mon délire. Je l'ai tant vu quand ceux qui ont dû te soigner ne le supportaient pas. Ils en devenaient méchants avec toi, comme avec nous. Ils ne prenaient pas le temps de nous expliquer, ils nous balançaient des horreurs. Comme si soigner un autodestructeur était un pied de nez à leur statut de sauveurs. Si j'avais pris la même voie, je me serais acharnée contre toi, contre moi, contre la terre entière et aujourd'hui je serais encore en colère. Je serais restée cette terroriste engagée dans une guerre intime perdue d'avance, une guerre du désespoir. En prenant soin de toi, malgré tout, je suis à ma place. En paix. Et pour les réponses, ce n'est pas ton crâne que j'ai farfouillé. C'est le mien. En trouvant les mots justes chez mon psychanalyste, je me suis réconciliée avec eux comme avec la mort.

Pour le moment, c'est ta carotide que j'ai trouvée. Cette artère, qui ressemble trait pour trait aux macaronis carbonara des soirs de La Comédie. Un petit boyau blanc cassé qui roule sous les doigts, une texture de pâte cuite. Je la coupe et je vais venir clamper le haut de l'artère avec ma pince Dieffenbach pour éviter un retour de fluide pendant mon injection. J'insère la canule et lance le formol. Grâce à lui, je vais recréer une circulation. Ton cœur ne battant plus, le sang n'est plus une rivière mais une mare stagnante dans tes vaisseaux. Je ne fais que rouvrir les vannes pour remettre ton corps sous pression. En envahissant tes artères, le liquide va charrier le sang par tes veines jusqu'au cœur. Un cœur que je viendrai percer pour drainer ton sang.

À chaque fois, je dois t'avouer que je reste étonnée de constater que le corps n'est finalement qu'un circuit fermé facile à comprendre et d'une redoutable efficacité. Toute ta vie, ce cœur a créé une impulsion électrique propulsant ton sang et avec lui, la vie. Mais comment comprendre que pour cette même vie, il faut aussi une impulsion qui naît d'un second cœur qui bat au rythme d'émotions totalement ouvertes, éparpillées, volatiles ?

Puisque je commence les étapes qui vont te redonner un peu de lumière, j'aimerais te parler de celles qui ont aussi éclairé notre vie. Tout n'était pas raté, et ce qui l'était n'est pas forcément bon à jeter. J'ai appris. Dans la bataille que nous avons menée, mon Minotaure, j'ai décidé d'être la gagnante de cette corrida de notre vie. J'ai gagné en décidant non pas de mettre à mort notre vécu mais en décidant de le gracier. *Indulto.* C'est une reconnaissance envers ma bravoure et je me tape de la prétention de cette pensée. Ta violence, celle que tu m'as imposée, je l'ai adoptée non pas comme une amie, mais comme une force sur laquelle j'ai décidé de m'appuyer pour me définir, me regarder en face et prendre le risque d'être entièrement moi. C'est la surprise de ne plus rien avoir à perdre. Tous les risques sont permis, même les plus beaux.

Sais-tu que le doute m'a tellement assaillie et sais-tu que la violence de devoir dire adieu à ce père fabuleux a été telle que, pendant longtemps, je n'ai même plus pu croire en ma vie ? Psychiquement, tu m'as assassinée, ou alors me suis-je laissée mourir…

J'ai besoin de me convaincre que j'en suis revenue. Si pour toi remettre de la vie dans la mort grâce au formol et à mes légers massages sur ton corps n'est qu'illusion, je crois de mon côté avoir réussi à remettre de la vraie vie dans ma vie.

Mais avant ça, il y a eu le choc. Tu comprends ce que tu as fait ? Tu m'as ravagée. J'ai perdu mon dieu, mes repères, ma vérité. Si tout ce que tu m'avais fait croire était faux, comment savoir si le reste était vrai ? Croire devenait une montagne insurmontable. Et les questions sont apparues pour ne plus me lâcher pendant des années. Est-ce que nous avons existé ? Est-ce que j'existais encore ? Et si c'était moi qui avais tout inventé ? Et si j'étais folle ? Et si ? Et si ? Et si ? Le monde m'apparaissait réel mais ma présence dans ce tout, un fait à démontrer. J'ai commencé à me pincer, me griffer et me mordre. En me blessant, je cherchais des preuves de ma matérialité. Je me regardais dans la glace et en fixant mon regard sur mon visage, je voyais disparaître la peau, mes yeux, mes oreilles pour laisser place au crâne et aux trous de mes orbites. Je me transformais en vanité. Je n'étais plus une femme en devenir mais l'évocation du caractère éphémère de la vie et de sa fragilité. Tout partait en fumée et tout ce que je trouvais beau est devenu menace. Le pire, ça a été le bonheur. À chaque fois que mon cœur s'emballait de joie, j'étais presque immédiatement prise d'une inquiétude monstrueuse. Je ne la supportais plus. Elle était forcément traître, une entité maligne qui profiterait de mon abandon pour mieux m'attaquer. Je passais alors de la joie à l'effroi en un quart de seconde.

Te rappelles-tu l'anniversaire de mes huit ans quand je m'imaginais médecin légiste ? J'avais commandé deux cadeaux extrêmement précis pour te provoquer ou pour me prouver que je me trompais, et que tu étais toujours celui de tous les possibles. Je voulais un petit miroir de poche à clapet en forme de cœur rouge et un skateboard noir avec, sous la planche, une vraie et effrayante tête de mort. Ces cadeaux étaient indubitablement ce qui caractérisait mon être : une petite fille qui devait retrouver son reflet ou se laisser glisser vers la mort. Je n'ai jamais su comment vous avez fait, à une époque où internet n'existait pas et où les boutiques de Dijon n'étaient pas si nombreuses, mais je vous ai vus arriver le jour même avec vos deux paquets. Dans une extrême nervosité, je les ai ouverts. Dans un ébahissement total, j'ai découvert les deux objets parfaits, si identiques à mon idée. Dans une méfiance immédiate, je vous ai regardés, toi, ma mère et ma sœur qui riait de sa bouche où manquaient quelques dents de lait. Dans une inquiétude folle, j'ai pensé : « Putain de merde, c'est trop beau, je rêve », avant d'éclater dans un sanglot si fort, si bruyant que vous vous êtes figés. Votre absence de mouvement n'a fait que confirmer que tout ça n'était qu'un rêve, et la pensée d'un réveil trop douloureux me fit geindre comme une damnée. Ma mère, paniquée, me secoua si fort que ma tête alla frapper le radiateur de la cuisine qui se situait derrière ma chaise. La surprise du choc et les hurlements de la famille tout entière me ramenèrent instantanément sur terre. Et sur cette terre, les cadeaux étaient toujours devant moi, et toujours aussi foutrement sensationnels. Au moment où la joie prenait le dessus et où j'allais vous sauter au cou comme si tout était normal, malgré mes plaintes lancinantes et un œuf gros comme une balle de ping-pong sur le front, je te revois me porter et me balancer sous une douche d'eau glacée. Ma sœur pleurait à son tour, et l'image de sa bouche béante et édentée me paralysa. Cette vision diabolique était le prix à payer pour vivre un instant extraordinaire. Voilà comment, à huit ans, je me persuadai qu'en plus d'être à moitié morte je ne supportais pas le bonheur. L'émotion d'une exaltation intense était pour moi si violente, si inacceptable, que je devais transformer n'importe quel rêve en cauchemar.

J'ai commencé à complètement dérailler. J'étais comme une âme en peine qui survolait mon corps sans jamais réussir à y revenir. Je me voyais vivre, penser, bouger, dormir. Tout était volatil, confus, engourdi. Plus rien ne semblait réel. Même mon nom commençait à disparaître. Je répétais « Marion » jusqu'à ce qu'il ne veuille plus rien dire. Je m'enlisais comme on s'enlise dans des sables mouvants. Plus je cherchais à m'en dégager, plus je paniquais. Plus je paniquais, plus je m'engluais. Je m'enterrais vivante dans la boue de mes pensées.

Dans quelques jours, nous allons t'enterrer au chalet. Lors de ton agonie, tu en rêvais. Tu rêvais que tu prenais le train et que le terminus était au Mont. Je suis heureuse d'y aller car j'espère aussi y laisser un cadavre que je cache dans mon placard depuis tant d'années. Le mien.

Après ta trahison ou la mienne, je ne sais plus, j'y ai vécu des angoisses délirantes. Hiver ou été, nous allions y passer nos congés et je me régalais là-bas de solitude, de nuits étoilées, de lectures, de parties de scrabble à l'heure du thé, de l'odeur du bois tendre et de l'herbe coupée. Mais après ta trahison ou la mienne, je ne sais plus, tout s'est altéré. Les étoiles ont commencé à me terrifier. Le ciel était – comme toujours en montagne – plus profond et plus cruel qu'à Dijon, et chaque soir, comme depuis toujours, tu laissais les adultes nous coucher pour venir nous tirer du lit. C'était l'heure du sommeil buissonnier et de compter « les filantes ». Avant ta trahison ou la mienne, je ne sais plus, je me lovais dans cette immensité. Après, malgré l'émerveillement de mes sœurs et cousins, la peur me dévora. Où allaient les filantes ? Étaient-elles comme toi, une étincelle dans la nuit qui vous laissait croire qu'elle réaliserait vos vœux les plus fous, les plus chers, avant de disparaître ? Les voix se faisaient sourdes, mes oreilles sifflaient et le vide me prenait tout entière. Je sentais le poids de mon corps s'enfoncer dans la terre, je sentais cette enveloppe de chair s'alourdir jusqu'à ne plus pouvoir lever un doigt, hypnotisée et luttant comme une folle pour ramener ma conscience et mon âme dans mon corps. Mais toutes deux se faisaient vagabondes. Je me sentais chaque fois plus aspirée par le noir, prise d'un vertige incessant, m'évaporant dans l'infini. Chaque soir, je mourais. Chaque soir, je sentais tes bras me porter, me déposer dans mon lit, me border. Chaque soir, je t'entendais me souhaiter bonne nuit. Mais je ne dormais pas, je n'étais qu'un petit corps sans vie. Je ne peux plus retourner dans cet endroit sans penser à mes nombreux décès.

La mort n'a pas besoin de se réaliser pour être présente. L'idée de la mort suffit à anéantir une vie. Il n'y a pas que les corps qui meurent. Il y a les amours, les amitiés, les croyances, les espoirs, la confiance, les liens et tant d'autres choses. Entre nous, il n'y a pas eu de séparation en bons termes, il y a eu une rupture fatale sans signe avant-coureur, sans explication, qui m'a mise à terre et m'a laissée désarticulée comme un pantin dont plus personne ne veut ni ne peut tirer les ficelles. Il me manquait un bout de l'histoire et je n'étais qu'une chiffe molle. Ton abandon m'a mise dans un état de panique si puissant et terrible que je n'ai même plus eu peur de mourir. Je me suis abandonnée.

En t'enterrant, j'espère aussi enterrer cette petite fille. Lui dire au revoir sans rancune, sans regret, avec amour, et m'offrir une nouvelle enfance, un nouveau commencement. Nous avons le droit d'avoir plusieurs vies. Tu seras aussi plusieurs morts. Un mort est absent mais toujours mouvant dans les méandres de l'esprit des vivants. Les jours de fatigue, tu seras à nouveau le monstre qui m'a épuisée, affaiblie. Les jours de fierté, tu seras l'amour de ma vie dont le manque est cruel. Les jours de calme, je t'oublierai. C'est ce que j'aimerais crier au monde quand j'exerce mon métier. Un corps figé ne vous oblige pas à figer votre pensée. Laissez au contraire naître vos contradictions, vos malaises, vos étonnements, parfois même votre soulagement. Ne soyez pas fidèles à une histoire imposée. Papillonnez. Ne pensez pas ce risque comme un moyen de survie, une folie, un héroïsme ou une obligation d'affronter votre mort. Vivez. Prenez le risque d'écouter la musique de vos sentiments, de vos désirs, de cet inconnu qu'offre le vide sidérant de la mort. Vivez-le comme un pur événement, un territoire inconnu. Certains chemins méritent d'être explorés. Ne plus faire attention à nos morts, c'est ne plus nous questionner nous-mêmes. C'est un non-acte dangereux car il y aura toujours un autre pour vous imposer ses réponses. Au plus profond de moi, j'ai une foi intense. Une croyance inébranlable. Je ne crois pas en Dieu, mais la lecture des textes théologiques ou philosophiques m'a permis de tendre vers une émotion qui me fait tenir. La beauté est dans le doute, dans l'acceptation de quelque chose que nous ne maîtrisons pas et ne maîtriserons jamais. Vous pouvez me contraindre à toute forme de contrôle par la technologie, par la science, rien ne sera plus beau que de ne pas comprendre. La question sera toujours plus belle que la réponse. Tu étais et resteras une question pour moi. C'est pour cette raison que je déteste le mot « disparu ». Tu seras six pieds sous terre comme dans le tréfonds de mon cœur. Tu feras toujours partie de la partition de ma vie, de mon langage unique et du mystère de mes désirs. Rien ne va disparaître, c'est juste l'énigme qui s'épaissit. La vie elle-même est une ombre que nous ne saisirons jamais. Cette ombre que nous craignons par nature mais qui lorsqu'on s'y réfugie peut être aussi un abri. À l'aube de ta mort, je me sens à l'ombre de la mienne.

Tout comme les questions ne meurent pas, les liens non plus. Tu seras toujours mon père, je serai toujours ta fille et nous serons toujours liés par ce fil invisible qui n'a pas besoin de la vie pour continuer d'exister. Ne plus accompagner nos morts, c'est nier ce qui nous unit et relie. Encore une chose indistincte qui pourtant nous porte plus que n'importe quelle chose tangible. En ton absence, ce fil invisible continuera d'exercer son pouvoir sur mes choix, ma réalité. Me recueillir, c'est affirmer ce lien pour me permettre de le penser et lui trouver la place que je souhaite maintenant lui donner. Je t'avoue que ça va être la partie la plus difficile tant tu l'as malmené.

En parlant de chose difficile, je vais devoir inciser pour la deuxième et dernière fois. Je place mes mains sur ta cage thoracique et les laisse glisser vers la pointe de ton sternum. Deux doigts en dessous, je perce. Et avec mon trocart, je viens aspirer la présence de gaz. La difficulté ne réside pas dans le geste. La difficulté consiste à supporter l'odeur. Si toi tu es mort, ce n'est pas le cas de tes sucs gastriques, de la flore et la faune bactériennes de tes intestins qui vont se développer de façon anarchique. Si toi tu es mort, mon odorat ne l'est pas. Mais je savais, en acceptant ton corps, que tout ne serait pas lumière et enchantement et que la merde finirait par reprendre ses droits.

Tu comprends, je ne pouvais pas rester cet enfant mort sans bouger. La vie ne nous quitte pas si facilement. Mourir n'est pas aisé et tu dois le savoir, toi le trompe-la-mort qui as mis tant de temps à crever.

Quand je suis allée te rendre visite pour la dernière fois, dans l'Ehpad qui t'a accueilli à l'étage des soins palliatifs, alors que tu venais juste de fêter tes soixante ans, j'ai aperçu dans le hall un petit groupe de vieilles séniles jouer au petit bac. Devant cette parodie, je me suis demandé comment préférer ça à la mort. C'est étrange comme mon métier m'a familiarisée avec la vraie fin, mais si peu à la fin de vie. Je manquais de courage et pour retarder le moment où j'irais te voir agoniser, je me suis assise parmi elles en silence. Malgré leurs corps ravagés, malgré la démence, malgré l'absurdité des réponses de chacune, il était évident qu'elles prenaient du plaisir. Tout simplement. Qui étais-je finalement pour juger de ce qui mérite ou pas d'être vécu ? Jusqu'où je m'accrocherai à ma vie quand je la sentirai prête à me quitter ? Peut-être que ce que j'avais appelé l'envie de mourir durant toute mon enfance n'était qu'un synonyme d'arrêter de subir. Je ne m'étais pas tuée, en définitive, car une seule chose me terrorisait : le manque. Je n'aurais plus vu mes sœurs, je n'aurais plus admiré un coucher de soleil, je n'aurais plus ri avec mes amis ni lu un seul livre. Mourir demande une résilience que je n'avais pas encore. Et j'ai quitté mes nouvelles compagnes en pensant que la curiosité de voir grandir un petit-enfant comme une partie de petit bac peuvent tout à fait suffire à accepter de nombreuses souffrances.

J'ai monté l'escalier qui menait à ta chambre et les questions sont revenues. Et toi ? Qu'est-ce qui t'a poussé à ne pas mourir ? Des décennies à t'acharner à te tuer à petit feu comme pour faire durer le plaisir. Mais quel plaisir ? Qu'est-ce qui t'aurait manqué ? Je me suis décidée à te poser la question mais, en entrant dans ta chambre, j'ai compris que c'était trop tard. Tu avais sauté le pas, plus rien ne semblait te retenir. Ta bouche n'était plus qu'un trou béant. Je n'entendais plus que ton dernier chant : un râle profond, primitif, un bourdonnement venu de cette grotte intérieure où semblait se terrer ton âme. Cette bouche qui m'avait embrassée, engueulée, qui m'avait chanté mes premières comptines et menti comme un arracheur de dents ; cette bouche qui te servait à avaler férocement tes lampées de bière, vin, parfum ; cette bouche à l'intérieur de laquelle ta langue avait su trouver les mots et s'enrouler autour de celle de ma mère pour que j'existe ; cette bouche qui ne délivrera plus aucun secret. Elle était tout occupée à extirper laborieusement quelques derniers filets d'air.

Je n'ai pas eu peur. Je désirais être là, près de toi. Mon existence, ces vingt dernières années, semblait avoir été destinée à préparer ce moment. C'est le luxe et le drame de ta maladie. La perte n'est pas violente, elle est attendue. C'est l'attente, la chienne. Une connasse qui bouffe l'estomac, qui donne envie de tuer l'autre pour qu'enfin tout s'arrête. Pour que le dernier souffle de vie du mourant puisse permettre au vivant de reprendre son souffle. Sûrement parce que j'avais fantasmé cet instant tant de fois, je n'ai pas réussi à pleurer, ni à parler, ni à t'aimer. J'étais plus froide que toi qui étais déjà à moitié absent. Même pour ta mort, j'arrivais à échouer. C'est la venue d'une aide-soignante qui m'a sortie de cette constante détestation de moi-même en face de toi. Son regard, son sourire étaient empreints d'une telle tendresse qu'ils ont fait fondre mon cœur. Je me suis installée à tes côtés. Le bruit de tes inspirations de plus en plus irrégulières, sifflantes, pénibles, me meurtrissait les oreilles. Alors, pour masquer cette attaque sonore, je me suis mise à chanter. Doucement, puis à tue-tête, une chanson dont les paroles maintenant me sidèrent :

Dans la jungle, terrible jungle
Le lion est mort ce soir
Et les hommes tranquilles s'endorment
Le lion est mort ce soir
Tout est sage dans le village
Le lion est mort ce soir
Plus de rage, plus de carnage
Le lion est mort ce soir
L'indomptable, le redoutable
Le lion est mort ce soir

Je n'ai pas envie de m'excuser de cette maladresse. Elle dit beaucoup sur nous et sur notre histoire. J'ai supporté l'état apathique de mes huit ans jusqu'à mes treize ans. Je n'ai plus aucun souvenir de ces années. C'est un trou noir. J'ai beau chercher, regarder des photos, je n'ai que deux souvenirs qui me reviennent : l'annonce qu'un de mes camarades était entre la vie et la mort et le suicide de la mère d'un élève. Le reste s'est volatilisé. J'étais là sans être là. Je me souviens parfaitement d'avant. Je peux décrire les lieux, les odeurs, les gens, les émotions qui me parcouraient avec la précision d'un horloger. Je peux dessiner les plans de chaque pièce que j'ai visitée même avant mes trois ans, reconnaître entre mille les parfums de tous les gens que j'aimais, chanter par cœur les chansons que nous écoutions, retrouver les noms de toutes les personnes ayant croisé notre chemin. Ensuite, j'ai dû rester dans le ciel du chalet, dans cet état de sidération qui fait que tout a continué d'avancer sans que je m'en aperçoive. C'est l'amnésie. Une amie m'a proposé de me faire hypnotiser pour retrouver mes souvenirs. J'ai vu un grand vide. Ni plus ni moins. Je pourrais jurer que j'étais morte ou dans le coma.

Il a fallu un vrai mort pour que je me réveille.

Nous étions à Avoriaz. C'était l'été de mes quatorze ans, c'était l'été de la Coupe du monde 98. Je me souviens parfaitement de ce match de tennis sur un terrain du village. À partir de ce moment, toute ma mémoire est fonctionnelle. L'homme courait après la petite balle jaune en grognant comme une bête en rut. Je m'étonnais de la contradiction entre la mollesse de son poignet qui bringuebalait à chaque coup de raquette et l'intensité de ses vagissements. L'homme avait une cinquantaine d'années, était velu, légèrement bedonnant et portait la tenue a priori réglementaire du tennisman en montagne : short blanc, polo blanc, tennis blanches, socquettes blanches. Seul un bandeau en éponge jaune fluo venait rappeler la couleur de la balle à l'odeur délicieuse. Je déteste le sport. À cette époque, je n'en étais pas tout à fait certaine mais j'étais déjà terriblement sceptique. J'observais, et il était évident que rien n'était plus grossier, plus écœurant qu'un homme se débattant avec son corps lourd, suant, soufflant et fier de ses exploits minables. Je pensais qu'il était temps d'admettre que les animaux ont une grâce que nous n'atteindrons jamais et que s'ils n'ont pas le langage, ils ont cette capacité extraordinaire de nous éblouir par le mouvement. Le saut d'un puma, la gazelle qui fuit le lion, les ballets d'oiseaux, les acrobaties d'un singe seront toujours d'une beauté inégalable. Pas de cris, pas de visages crispés, pas de corps tendus à l'extrême, pas d'efforts visibles. N'importe quel sportif – même de haut niveau – restera misérablement grotesque face à la plus gauche des bêtes. À cette époque, ma mère me reprochait de ne pas prendre l'air et de rester le nez dans mes livres, casque audio vissé sur la tête. Comment aurais-je pu lui expliquer, avec mes mots d'enfant, que je ne pouvais respirer que dans les mots, les idées, les émotions ? Que seuls les écrivains, les peintres, les musiciens, les intellectuels – des êtres souvent insupportablement égocentriques et solitaires – ont cette humilité d'abandonner leur cœur au langage, de sublimer la seule chose sublimable chez l'homme : la pensée. Devant ce sportif du dimanche, j'étais comme au zoo à observer un vieux singe. Mais, d'un coup, le son qui sortit de sa bouche se fit aigu, puis râle et je vis le cinquantenaire en short blanc s'écrouler violemment par terre. Le mort ne fit aucun effort, il resta mort malgré les pleurs de ses amis. Une ambulance est arrivée, les secouristes ont placé le corps dans une housse et je suis restée. Je suis allée m'allonger à sa place, sa place exacte de mort, et j'ai attendu. J'ai attendu des heures en regardant s'assombrir le ciel de montagne. J'ai attendu les étoiles, elles sont arrivées, elles ne m'ont pas aspirée. En voyant ce mort, j'ai compris que j'étais vivante.

Et la colère est arrivée. J'ai poussé un cri comme en poussent les bébés en arrivant au monde. Un cri qui a duré près de cinq ans.

Je me promenais sur un sentier avec deux amis – le soleil se couchait, tout d'un coup le ciel devint jaune et rouge sang ; je m'arrêtai fatigué et m'appuyai sur une clôture – il y avait du sang et des langues de feu qui éclaboussaient le sentier ; mes amis continuèrent et je restai tremblant d'anxiété ; j'ai senti monter en moi un grand cri et j'ai entendu ce Cri infini qui passait à travers l'univers et qui déchirait la nature…

Comme Munch, j'ai entendu ce cri. Ce cri infini qui n'était que le mien. Le cri de mes angoisses, le cri de la furie qui annonce l'arrivée du châtiment. Tu avais brisé ton serment, tu avais brisé notre lien, tu avais brisé notre famille. Tu m'avais trompée pour l'alcool et j'étais morte de chagrin. Dévastée d'avoir dû supporter à chaque instant ton abandon et ta présence. Un abandon sans oubli possible. Tu allais payer.

Je profite de ce moment de colère pour faire un geste brusque, le seul que j'aurai à faire. D'un coup sec, je perce ton cœur avec ma canule. Je viens chercher ton sang. Il est noir, épais et je le viderai jusqu'à ce que tu ne m'en donnes plus.

Tu allais payer donc car la soif de vengeance m'avait ressuscitée. À l'époque dont je te parle, j'ai tant et tant rêvé de te saigner lors de tes sommeils à la frontière du coma éthylique. Aujourd'hui, crois-moi, je ne fais que vider ton sang qui est l'ennemi de la conservation. Tes ronflements m'exaspéraient. Pas par leurs bruits mais parce qu'ils étaient la preuve que, quoi que tu nous fasses, tu dormais sur tes deux oreilles pendant que nous nous retournions d'angoisse dans nos lits. C'est la définition du monstre. Même endormi, il continue de brutaliser. Là, à cet instant, si je n'apprécie pas de voir le sang couler, j'apprécie par contre ton silence.

Jamais un thanatopracteur ne devrait avoir aussi peu de distance. Je déconne et je le sais. Je ne contrôle plus rien. Avec un autre corps, je remettrais en cause ma capacité à faire ce métier, mais tu es tout sauf les autres. Je suis au travail mais je suis aussi ta fille et j'ai été cette furie, cette vierge persécutrice assoiffée de vengeance. Prendre soin de toi, ce n'est pas commencer à me mentir ou chasser des pensées négatives parce que tu es mort et donc intouchable. À mes yeux, tu n'as pas gagné une immunité diplomatique parce que tu as passé la frontière d'un nouveau monde. J'ai de la peine quand j'aperçois des hommes ou des femmes qui se sentent une obligation morale à tout pardonner aux défunts. En tant que vivants, nous ne sommes pas responsables de leur passage dans l'au-delà mais de notre passage dans cette nouvelle vie où plus aucun mot, aucun geste, aucun pardon ni merci ne pourra être partagé ensemble. Une belle mort, ce n'est pas s'endormir sans s'en apercevoir, c'est laisser les cœurs de ses proches tristes mais vides de regrets et de bruit. C'est leur accorder la possibilité du silence. Ce silence de mort qui effraie mais qui est, au contraire, l'espace miraculeux d'une intimité, d'une confiance où il est beau qu'un ange passe…

Tu ne m'as pas fait ce cadeau. Je ne suis pas triste, je suis soulagée. Non par l'arrêt de tes souffrances mais parce que les miennes s'estompent déjà. En mourant, tu m'as cependant fait ce plaisir de ne plus avoir le désir de te tuer. Imagine la complexité d'un sentiment si parricide. Il faudrait que je fasse semblant, que je refrène ces idées, que je te rende hommage en oubliant toute la sauvagerie qui nous unissait ? Je ne crois pas. Tu as joué au funambule qui devait toujours aller plus loin, de plus en plus vite pour ne pas chuter lourdement du fil de ta vie. Tu n'as jamais su accepter une main pour trouver l'équilibre. Je te l'ai tendue, en permanence, et tu ne l'as pas saisie. Il est temps pour moi de vivre autrement qu'en ayant une crampe. Tu es mort et c'est à mon tour de me reposer en paix. Avec toi, je veux enterrer ma colère et ne pas me retrouver à cracher ou danser sur ta tombe. Je ne veux pas continuer à perpétuer tes mensonges. Trahir ton secret, ce n'est pas trahir ta mémoire. C'est m'offrir le cadeau de survivre. Sans ça, comment pourrais-je t'honorer et te rendre hommage ?

Tu ne me donnes plus de sang et, avec son épuration, commencent à s'évacuer aussi mes angoisses. Je suis bêtement rassurée de n'avoir pris aucun plaisir à le voir couler. Je dois apprendre à me méfier des mots et des pensées. Malgré mes fantasmes meurtriers, je ne suis évidemment pas psychopathe. J'étais seulement cette enfant, cette fille et cette femme, désespérée de te voir te tuer sans aucune solution pour te sauver. Et comme toi, par hérédité ou mauvaise habitude humaine, je me mentais. À quoi aurait-il servi de te tuer puisque j'étais comme toi ? Dépendante.

Tu vois, trou du cul, dans l'alcoolisme, ce n'est pas l'addiction qui me révolte. Je la comprends car il serait absolument naïf de penser un monde sans assujettissements. Et parce que petite tu avais fait de moi une reine quand les autres ne voyaient qu'une enfant, j'étais dépendante de toi, du regard unique que tu me portais. Je t'insulte parce que je t'en veux, je t'insulte aussi pour ne pas m'insulter. Je te hais autant que je me hais d'avoir été si naïve. Pour vivre, je devais reconquérir ton amour. Je devais te mettre à genoux, à terre, en larmes, suppliant mon pardon. Je devais te faire souffrir pour que tu expies. Et je voulais à nouveau ma dose. La came à laquelle tu m'avais initiée dans mes premières années. Où était passé mon dealer de vie ? Tu étais mon héros et j'étais héroïnomane.

Comme toutes les drogues, c'était un mélange de désespoir et de plaisir, mais vivre dangereusement était une manière de survivre. J'ai relancé notre jeu, mais cette fois-ci c'était « à la vie à la mort », car l'un de nous trois devait mourir : toi, moi ou ta maîtresse l'alcool. Je l'ai personnifiée. Jamais je ne l'ai vue comme une substance, un liquide incolore. Je l'ai vue comme une amante, une salope, celle qui voulait me ravir l'amour de ma vie. J'en appelais au crime passionnel, au meurtre par jalousie. Elle ne te rendait même pas joyeux, tu comprends ? Elle avait fait de toi ce pauvre mec ralenti, puant, au bide lâche et à la gueule pâteuse. Elle ne t'offrait ni nouvelle jeunesse ni rêves mais un accablement. Je voyais le mur et tu allais droit dedans, et dans ma vision d'enfant, dans la voiture, j'étais à tes côtés. Je n'ai jamais imaginé que tu pouvais te foutre en l'air tout seul. Tu m'emmènerais avec toi et je devais nous sauver. Est-ce que ça aurait été différent si tu avais été heureux ? Est-ce que j'aurais supporté que tu me quittes ? Je ne sais pas, je ne saurai jamais. Je dois vivre avec ce poids de ne pas être généreuse, d'être égoïste et de ne voir l'amour que dans un sens. Si je t'aimais, alors tu n'avais pas le droit d'aimer quelqu'un d'autre.

Ma vie est devenue un hurlement constant contre toi, contre moi et contre elle. Je devais gagner, je devais me battre, je devais prendre les armes, te torturer, t'attacher à une chaise et te faire ouvrir les yeux, quitte à te les écarquiller de mes propres doigts. Par la force, par amour, par raison, par usure, par compassion ou par la guerre, je te ferais plier. Dans cette férocité, dans cette animalité, j'ai ravivé ma flamme. Mon cri, c'était la peur, le désespoir, la révolte, l'appel à l'aide. Mon cri, c'était tout mon être qui devenait radical et extrême pour nous sortir de là. Mais mon cri, c'était aussi, sans en avoir aucune conscience, la jouissance et la vie. C'est étrange de croire autant en quelque chose sans se rendre compte que j'étais comme toi, enfermée dans une relation d'emprise. Ce n'étaient que deux histoires d'amour folles. J'étais sous emprise de toi, tu étais sous l'emprise de l'alcool. Nous aurions dû partir tous les deux en cure de désintox. Mais j'avais la morale de mon côté. Et, jamais au grand jamais, je n'ai pensé à cette époque que j'étais aussi fracassée que toi. Je ne pouvais être que la victime, cette femme blessée, celle du quotidien, moins sauvage, moins rebelle, moins désirable et pourtant présente et persuadée que mon amour et ma fidélité finiraient par payer. J'étais tellement convaincue de mon éthique que j'ai accompagné ma pensée par les actes. Je suis devenue catholique. Aujourd'hui, je retiens trois lectures de ma période pieuse, trois évangiles. Celui de la brebis égarée en quête de réconfort et d'espoir quand son monde s'écroulait. Celui de la sainte demandant la bénédiction pour châtier l'homme faible et sa catin. Celui de l'incestueuse qui va s'exciter avec le père du Christ. Ces trois regards ne sont pas contraires et brossent certainement un portrait fidèle de la complexité dans laquelle je me trouvais. Je me souviens de cet âge, de l'adolescence, comme d'une schizophrénie.

La jalousie me dévorait et mon manque absolu d'expérience de la vie ne m'a permis que de donner un visage à mon ennemie. Elle avait mauvaise réputation, c'était une mauvaise fille. On se sent alors tellement plus en règle de frapper, de médire, de haïr. On se donne le droit de faire justice soi-même. On devient fasciste. C'est forcément sa faute, c'est forcément une pute, c'est elle qu'on doit abattre. On ne se dit pas qu'elle peut être aussi une béquille, un appui, une caresse dont l'autre a besoin. Parce que, oui, tu en avais besoin. Elle t'a détruit le corps mais a anesthésié ton âme. Et peut-être que sans elle tu serais mort bien plus tôt d'un suicide.

Dans ma mallette, je range la poche de ton sang qui est aussi le mien. Nous le partageons comme nous partageons notre ADN. En l'attaquant, je t'ai attaqué. En t'attaquant, je me suis attaquée. Ton autodestruction est devenue la mienne. Si subir ton abandon avait provoqué mon propre abandon, le système restait le même. J'étais si attachée à toi que je n'étais que le reflet de ton être. En tant qu'enfant, je n'avais pas la possibilité de le penser. En tant qu'adulte, tu avais la possibilité de m'épargner. En partant tout simplement. En me laissant tranquille. Abandonner ou détruire, ce n'est pas changer de maison, divorcer ou s'éloigner. Abandonner ou détruire, c'est faire tomber les autres à ses côtés et ne pas réagir.

Cette pensée est une prière vaine. Pour l'exaucer, il aurait fallu que nous partagions le même espace, le même temps, la même réalité. Quand tout le monde est sain d'esprit, cela tient déjà du miracle tant les lectures de la vie sont aussi nombreuses que les lectures d'un même livre. Le livre est pourtant un objet qui ne bouge plus, dont les lettres et les mots sont inscrits à l'encre noire et dont l'auteur nous donne même parfois certaines clés pour se l'approprier. Pourtant… Même gravés dans le marbre, nos écrits nous échappent. Ils ne nous appartiennent plus dès lors que nous les offrons à lire. Alors qu'en est-il quand tout est vivant, dans un perpétuel mouvement, et que la rapidité de chaque instant ne nous permet que d'en saisir un fragment ? Je ne crois pas au temps présent. Je crois aux temps présents car, pour chacun, le présent est unique et le passé, une mémoire sélective. Il y a un jeu que tout le monde devrait faire. Aller au café, discuter et en écrire le souvenir. Autour d'une histoire commune, il y aura la symphonie des différences. Et ce n'est pas un drame. Il y a une beauté merveilleuse à rester dans le flou. Cette réalité vague permet de naviguer au calme mais sans perdre le plaisir du remous des sentiments.

Mais tu étais cinglé. Et ce n'étaient pas des remous mais des déferlantes, des creux de vagues impossibles à prendre. Nos échanges tournaient aux naufrages tant nos réalités étaient deux mondes diamétralement opposés. Quand je pensais te sauver, tu te sentais agressé. Je te croyais fou, tu me croyais folle. Nous n'avions plus de langage commun et j'ai passé des heures dans mon dictionnaire à choisir les mots les plus précis pour te parler, pour ne pas commettre d'impairs. J'ai travaillé ma rhétorique en me noyant dans les livres mais, quels que soient mes efforts, tu me retournais comme une crêpe. Tu n'étais pas intouchable, c'est moi qui étais forcément fautive. De ne pas trouver le bon terme, la formule qui te toucherait en plein cœur. Des mots, des mots, des mots. Des petits soldats que j'envoyais à l'attaque de ce territoire insaisissable, espérant coloniser un peu cet esprit étranger. Des petits soldats qui devant tant de résistance sont revenus épuisés, en colère, rêvant même parfois d'être fusillés en chemin pour ne plus subir les défaites. Quand l'ennemi est le père, l'enfant est prêt à devenir ce petit kamikaze, cette tête brûlée qui croit que sa vie ne vaut rien tant qu'il n'aura pas conquis cette terre.

Tout ce qui était n'est plus ; tout ce qui sera n'est pas encore. Ne cherchez pas ailleurs le secret de nos maux.

Devant ta dépouille, je suis émue en repensant à cette adolescente. Son enfance n'existait plus, l'âge adulte ne se dessinait pas encore. Elle n'était que sentiment et passion. Elle t'aimait d'un romantisme absolu et suicidaire.

Si je suis là aujourd'hui, c'est que je m'en suis sortie, mais je suis parfois fatiguée comme une femme en fin de vie. J'ai grillé des cartouches. On ne revient pas de la guerre sans traumatisme. Le plus dur n'est pas d'avoir perdu mais d'avoir acquis la conscience aiguë, cette lucidité que je peux désirer, m'exciter et me nourrir de bains de sang. Je ne suis pas seulement quelqu'un de bien.

Je t'en ai voulu de ne pas être parti comme j'en ai voulu à ma mère de ne pas partir. Peut-être qu'alors nos liens se seraient reconstruits dans une autre matière que le barbelé. Mais partir ? Tu ne pouvais même pas le penser tant ça ne se jouait pas en ces termes. Tu continuais de t'inventer des histoires. Il y a trois jours encore, tu te félicitais d'avoir été un père extraordinaire. Je t'ai laissé dire, j'ai souri. Je t'ai même demandé pardon d'avoir été la fille que j'ai été, comme pour m'accorder ce que tu n'aurais jamais pu m'offrir. Et puis, si j'ai laissé glisser, c'est que ce n'était pas totalement faux. Tu as été extraordinaire, singulier, hors du commun, mais ça n'a pas fait de toi un bon père.

J'ai tellement de questions pour toi.

Est-ce que tu aimais nous voir souffrir?
Est-ce l'alcool qui en atténuant ta douleur a atténué aussi ta capacité à avoir pitié?
Est-ce parce que tu as tellement perdu le contrôle de ta propre vie qu'il a fallu verrouiller les nôtres?
T'es-tu senti coupable?

J'ai tellement de questions pour moi.

Est-ce que je souffrais ou prenais du plaisir?
Et si je t'avais sauvé, est-ce que ça aurait été mieux?
Et si je m'étais plus préservée, aurais-je maintenant cette force de vie?

Sans tout ça, qui serais-je aujourd'hui ?
Est-ce que j'ai été complice ou victime ?
Est-ce que je m'en suis sortie parce que je suis aussi violente que toi, ou suis-je devenue violente pour avoir une chance de m'en sortir ?
Suis-je plus humaine ou plus monstrueuse ?

Ce qui est sûr, c'est que l'alcool est devenu le centre de nos vies. En devenant coupable de tout, il nous a permis de ne plus nous remettre en question. La maison était une zone de non-droit. Plus rien n'était respectable et plus personne ne se sentait responsable de rien.

L'intimité et la vie extérieure ont cette particularité commune un peu folle. Ce sont à la fois des refuges et des prisons, mais en inversé.

Quand tout se passe bien, l'intimité est un abri où, libéré du regard des autres, vous pénétrez pour faire l'amour, confier vos secrets, vous balader nu, relâcher la pression. Quand tout se passe bien, c'est le regard des autres en société qui semble vous contraindre.

Quand tout se passe mal, l'intimité est un microcosme, un guet-apens, car en l'absence de ces mêmes regards tous les coups sont permis. Vous ne rendez de comptes à personne. Et la société devient alors un refuge où vous trouvez un peu de sécurité.

Nous sommes devenus fous. C'était l'asile à domicile. La fête foraine s'est transformée en foire aux monstres. Il s'est joué là quelque chose de collectif, un match qui s'était lancé jusqu'à ce qu'un perdant finisse K.-O.

À quel moment le coup de sifflet a été donné ?

La société qui t'embauchait a fait faillite et a signé la tienne. Tu étais au chômage et l'intimité a pris le dessus. Tu n'avais plus à faire semblant. Tu pouvais être toi-même toute la journée et boire dès le matin. Nous n'étions plus protégés par tes réunions, tes costumes-cravates, tes patrons. La vie devenait ce que nous redoutions le plus : un week-end en slip qui ne s'arrêtait jamais. Si seulement, tu m'avais laissée traîner dehors… Je n'en avais pas le droit, j'étais chronométrée. Tu m'accordais dix minutes pour être à l'appartement dès que la sonnerie annonçait la fin de mes cours. Je rentrais alors d'un pas aussi rapide que les battements de mon cœur anxieux. Tu avais peur des mauvaises fréquentations mais jamais aucun de mes amis ni aucun inconnu n'a été aussi voyou que toi. J'ai tout accepté depuis longtemps sauf une chose. Ton incapacité à voir que tu étais le danger. À t'entendre, je ne savais pas choisir mes amis et je finirais pute. Pour me garder sous ta coupe, tu m'as appris à avoir peur des autres et me sentir humiliée de mon désir pour eux. Tu avais peur de quoi ? Que je parle ? Je ne crois même pas, car pour cela il aurait fallu que tu voies et admettes qu'il y avait un problème. Pour toi, tout allait bien et nous n'étions que des chieuses. Peut-être que ta crainte était simplement que je ne sois plus la tienne, de pute. Pas celle que tu aurais baisée mais celle que tu considérais comme un objet qui t'appartient. Entre nous, si tu m'as payé de la bouffe et un toit, je crois avoir payé plus cher que toi. La pute, ça aurait dû être toi. Tu aurais gagné au change. Car, à la place du mépris, je t'aurais admiré comme ces femmes qui offrent peut-être leur cul mais surtout une tendresse que la plupart des hommes n'auront jamais pour personne.

Mais les putes, ça vous fait peur. C'est comme les thanatopracteurs. Tu vois le point commun ? Nous ne craignons pas les corps, nous n'avons pas peur de la misère, nous n'avons pas peur des solitudes, nous n'avons pas peur des choses crues de la vie. Le cul ou la mort. Deux choses qui nous définissent entièrement mais que la plupart des gens cachent sous le tapis. Tu vois, c'est peut-être ça le problème. Tu aurais aimé que je ne te regarde pas. Que je baisse les yeux et que je te laisse dans ta merde. Mais moi, la merde, je la regarde car, comme tout le monde, je chie.

Les putes ont pourtant plus de courage que je n'en aurai jamais. Travailler avec les morts me calme et ne me fait jamais peur. Seuls les vivants ont le pouvoir de me terroriser. Pour de vrai. Les cadavres ne me courseront jamais, ils ne me détruiront pas d'un regard, leur bouche ne m'insultera pas, ils ne m'étrangleront pas pour supporter leur impuissance. Seuls les vivants peuvent être des monstres. Les sorcières, les ogres, les vampires sont des pères, des mères, des oncles. Ils ne sont pas imaginaires.

Je n'ai pas baissé le regard et nos deux violences se sont mariées dans un pacte de mort. Comme un pitbull, je ne t'ai pas lâché et, pour te défendre, tu m'as défoncée. La vérité, c'est que même tes coups étaient plus supportables que ton indifférence à ma souffrance. Au moins, ils m'étaient adressés.

Ma colère est intense, noire et sombre comme le sang que je t'ai drainé. Je suis attirée par les sirènes de l'apitoiement qui me laissent en pleurs et victime. Je dois pourtant trouver la force, maintenant ou jamais, de ne plus porter ma croix comme un enfant sans défense. Si tu me l'as mise sur l'épaule, je dois aujourd'hui comprendre pourquoi je la supporte encore. Je dois la soulever, l'arracher de moi pour enfin te la rendre et la placer au-dessus de ta stèle. Je pourrai alors te rendre visite pour souffrir ton absence et contempler la vue de cette croix qui n'est plus la mienne.

À force de te regarder, de rêver de te saisir, j'ai tout simplement oublié que je n'étais pas rien et que tu n'étais pas tout. Il n'y avait pas que de l'abus de ta part. Il y avait aussi, de la mienne, de l'excitation et de la résistance. Deux sœurs jumelles qui se nourrissent comme un monstre à deux têtes.

Avouer mon excitation est difficile mais l'étouffer ne la ferait pas disparaître. J'étais adolescente, j'étais enfermée et j'ai déplacé mon désir dans cette bataille incestueuse. Si tu ne m'as jamais touchée, il est évident que je me remplissais de cette haine amoureuse qui agitait tous mes sens. Dans ta présente surdité, je peux te l'avouer comme je poserais un secret à l'oreille d'une tombe. En le formulant, je ne cherche pas à l'oublier mais au contraire à faire exister cette chose que je voudrais saisir, penser et briser comme l'on casserait un mauvais sort.

Trahie, contaminée par l'abandon et la terreur, je suis devenue le Minotaure à mon tour. En moi pulsaient aussi cette dualité bestiale et humaine, ce pouvoir primitif des pulsions sexuelles, de vie et de mort. J'étais à la merci de ce métronome des passions. J'étais une décharge électrique. J'organisais des corridas comme une danse érotique. Qu'est-ce qu'un ébat si ce n'est une intense tension du corps et des émotions qui grâce à l'orgasme se relâche ? Un excès de vie suivi d'une petite mort. Qui n'a jamais ri, pleuré, tremblé après la jouissance ? Il n'y a pas besoin de coït pour reproduire cet état de douleur et de grâce. Se battre marche aussi. Et je me suis battue et tu as répondu. En entrant dans l'arène, tu m'as mise à l'honneur, tu as affermi ma double personnalité qui était comme les deux faces d'une même médaille. Je basculais d'un état à l'autre. Je passais de la certitude d'être majestueuse à celle d'être une merde absolue. J'étais une reine grandiose qui sous sa posture triomphante masquait sa vulnérabilité et son impuissance en portant les coups. J'étais une moins-que-rien, une petite chose qui se punissait de son bellicisme en acceptant d'en recevoir. Si tu savais combien j'ai dû me battre, me battre vraiment pour comprendre ensuite que l'amour n'était pas un rapport de force et de domination mais une tendresse réciproque. Pour tout avouer, je n'en suis même pas vraiment sûre.

Et comme à la corrida, il y avait de la résistance. Dans ces moments, je n'étais plus Minotaure mais matador. Chaque jour, à cause ou grâce à cette excitation, j'ai asséné ma vérité comme des coups de poignard dans ton flanc. Ce n'était pas du courage. Me taire m'humiliait d'une façon qui au mieux était insupportable, au pire invivable. Un rituel avait été mis en place. Nous commencions le dîner, je cherchais ton regard aviné et bovin et je savais qu'en une seconde je te ferais sortir de tes gonds et réveillerais le taureau. La muleta était agitée et les passes pouvaient commencer. Une insulte, un jet de sel dans ton verre, un crachat, un rire méchant. Je t'obligeais alors en t'attaquant, en te ciblant, à te regarder plutôt qu'à cuver. Et le combat commençait avec la certitude pour moi de gagner.

Nous nous levions portés par la fureur, et il y avait deux options.

Tu me rattrapais dans l'appartement dans lequel je courais pour m'échapper. Et alors, tu m'agrippais, me traitais de petite conne, me jetais à terre, me rouais de gifles ou de coups, et me tirais au sol par les cheveux jusqu'à ma chambre. J'étais blessée, méchamment blessée, mais je tenais. Je ne sais pas comment, je me redressais, te souriais, te regardais droit dans les yeux et te disais : « Regarde où tu en es. » Et les coups se remettaient à pleuvoir et j'étais fière de les prendre. On peut avoir une résistance à la douleur phénoménale quand on veut prouver à quelqu'un que l'on peut tout supporter tout en restant debout.

L'autre option, ma victoire préférée. J'arrivais à courir assez vite pour m'enfermer dans le placard de ma chambre. Ce placard était mon bunker, le seul endroit que je pouvais fermer à clé à l'aide d'un petit verrou qui m'a sauvée de tant de violence. À l'intérieur se trouvaient un matelas, mes vêtements, une pile de livres, un paquet de gâteaux, une bouteille d'eau, mon journal intime et quelques stylos. Tu n'imagines pas la peur quand je voyais la porte vibrer, s'ébranler sous tes coups d'épaule, tes coups de pied, au son de tes mugissements. Tu n'imagines pas le soulagement de ne jamais l'avoir vue céder. Ce verrou, c'était moi. Il était minuscule, branlant, en danger, mais il tenait. Nous avons enduré, nous avons refusé que cette situation soit désespérément définitive. Résister, ce n'était pas seulement vivre ou survivre. C'était exister. C'était m'engager corps et âme contre une injustice mortifère. Et maintenant que je te regarde, je pense non pas à la morale mais à l'ironie de cette histoire. Ta folie, ta pathologie était peut-être aussi une résistance à un ordre social invivable. Même à cet endroit, il est possible que nous nous ressemblions.

Je ne suis plus cette adolescente mais j'ai gardé un placard. C'est cette salle, cette chambre mortuaire où je suis à l'abri des attaques et des menaces. Je me repose du vivant en compagnie des morts. Regarde, même avec toi, je suis en sécurité. Tu es devenu inoffensif et j'ai à nouveau la place de m'émouvoir. Quand je sors, je fume la seule cigarette de ma journée. C'est mon illogique cérémonie de la purification par la fumée. En encrassant mes poumons, je me détends, me nettoie. Je laisse s'éloigner la mort et fais durer le temps du retour vers mon foyer. Celui que j'ai construit, que j'aime et qui ne m'effraie jamais. C'est le grand bonheur de ma vie. Avoir repris goût à une intimité qui me console, cajole et dont les vivants ne sont plus des monstres mais de jolies fées. Mon placard n'est plus une nécessité, juste le luxe d'un enfermement volontaire, d'un recul sur le monde qui me fait apprécier la vie avec un appétit féroce.

Le problème des gens comme toi, c'est qu'ils n'ont pas de limite. J'étais une guerrière mais tu étais un terroriste. C'est le problème de la résistance qui se fait au nom de quelqu'un ou de quelque chose qui nous dépasse tellement qu'elle en devient sanguinaire. Mes pensées meurtrières n'étaient que des pensées. Des déflagrations pour me soulager d'une douleur psychique. Des fantasmes. Toi, c'était plus compliqué. Tu ne résistais pas au nom d'une justice, d'une valeur ou du retour de la paix. Tu résistais pour ne pas te foutre en l'air. Je n'avais jamais pensé que te regarder en face aurait pu être un choc si monumental qu'il aurait pu te tuer.

Cette corrida a duré deux ans et il y a eu Bandol. Le coup de corne de trop. C'était l'été de mes quinze ans, presque seize.

Je vais drainer tes sucs gastriques en espérant soulager l'acide qui, depuis ces vacances, détruit mon estomac. Je vais piquer un peu partout superficiellement et en éventail au bord des côtes, dans les intestins, l'abdomen et la zone pelvienne. C'est là que se trouve ta flore intestinale qui accueille des milliards de micro-organismes. Ce microbiote est le chef d'orchestre de ta santé immunitaire et de ton bien-être mental. Je ne sais pas si tu le savais, mais il faut croire qu'un esprit tourmenté devine instinctivement comment se faire mal. Car ton microbiote, tu ne l'as nourri que d'éthanol et de stress. Moi, il ne faut pas que je me loupe, car il prolifère à une vitesse considérable et accélère ta décomposition. C'est une bataille difficile à gagner, car je dois m'assurer d'aspirer tous les gaz, tous les fluides avant de te faire mariner dans un bain de conservateurs qui empliront toutes tes cavités. Cette étape est rapide mais je vais prendre mon temps. Je ne peux m'empêcher de penser que ton microbiote a tellement mariné dans l'alcool qu'il est plus résistant. Je ne peux pas m'empêcher de penser que le mien, depuis cet été à Bandol, a besoin de se régénérer patiemment.

Bandol, c'est la plage, c'est la mer, c'est la promesse de la chaleur qui vous réchauffe les os, ce sont les marchés du matin, les cigales, l'odeur du pin. Bandol, ça fait rêver. Bandol où je ne foutrai plus jamais les pieds.

Nous sommes partis tous les trois. Toi, moi et ma sœur. Je me souviens que j'étais amoureuse et que dans mon walkman résonnait Nirvana. Le trajet fut une longue apnée sur l'autoroute du Soleil qui annonçait des orages comme jamais nous n'en avions connu. À l'arrière, serrées comme deux chiots à qui l'on vient d'arracher leur mère, nous tremblions déjà, conscientes de ta conduite délétère. Pour me bercer, m'apaiser, je songeais à mes amis, mes amours imaginaires, aux livres que j'avais dévorés et qui m'offraient tous, à leur manière, la promesse de nouveaux horizons. Notre intimité se fissurait puisque partir du foyer n'était plus un doux rêve mais un possible que je commençais à toucher du doigt. J'étais heureuse à l'idée de mon futur sans toi. Cette échappée par la pensée me permettait de mieux faire taire la furie qui se détestait de ne pas être assez aimable pour te sauver, de ne pas être assez intelligente pour mater ton addiction. Comme un balancier, la vie trouve rarement un équilibre parfait. La légèreté de mes envies d'ailleurs a apporté avec elle le poids de la conscience aiguë du monde extérieur. Mon cri s'est alors doucement transformé en honte. Tu n'étais plus l'ogre qui m'excitait par la peur mais ce plouc grossier que je voulais cacher. Tu me dégoûtais. Et comme ton abandon avait été mon abandon, et comme ton autodestruction était devenue mon autodestruction, ton déshonneur est devenu le mien. Comment expliquer que j'aie toujours su distinguer une amie de sa mère, une sœur d'un frère, et que je me sois encore tant identifiée à toi que le sentiment d'être abjecte s'est collé sur chaque parcelle de mon corps ?

Je ne sais même plus par quoi commencer. J'ai fini l'injection de formol, j'ai fini les aspirations. Ça ne va plus prendre longtemps. Je dois seulement terminer par un petit surplus de conservateur au niveau du visage. Ce visage avec tes mains qui seront les seules parties visibles une fois habillé et qui méritent donc les meilleurs soins. Je reprends mon artère. Je condamne le bas cette fois et viens placer ma canule en direction de ton visage. Comme promis, dans quelques secondes, tes oreilles ne ressembleront plus à deux choux couleur aubergine. Si tu savais comme j'ai hâte d'en finir pour pouvoir te laver, te peigner, te maquiller, t'habiller, remettre de la beauté dans tout ça. Mais maintenant que je suis face à toi, surplombant ta tête et ma canule plantée dans ta gorge, il va falloir qu'on parle de ces vacances où tu as voulu me tuer.

Tous les jours, nous allions à la plage. Je ne me souviens d'aucun bain, d'aucun coup de soleil, d'aucun jeu de ballon ni d'aucune glace qui dégouline sur nos mains. Je ne me souviens que d'une chose. La honte d'être assise à côté d'un homme cramoisi par le rosé. Tes bouteilles étaient, partout, étalées sur le sable comme un trésor qu'on expose, et que tu buvais au goulot devant les autres familles que j'enviais. La honte me tétanisait et m'empêchait de m'éloigner pour me rafraîchir dans la mer. Je voulais disparaître. Bouger, c'était prendre le risque d'un mouvement détectable et d'attirer les regards sur notre situation. Si seulement j'avais appelé à l'aide. Si seulement tu avais pu fermer ta gueule. Mais tu n'as jamais su faire. Tu as toujours voulu être le centre du monde, que ce soit en brillant ou en étant dégueulasse. Tu ressemblais à ces hommes politiques qui, s'ils ne réussissent pas à enchanter et séduire, commencent à se nourrir de leurs propres vulgarités et scandales. Plus je te conjurais d'être raisonnable, plus je t'implorais de parler moins fort, plus tu me provoquais. Accompagné d'un rire gras qui ne faisait rire que toi, tu élevais la voix pour dégueuler des insanités. Pire, tu pétais. As-tu la moindre idée de ce que l'on ressent quand on a seize ans et qu'on est sur la plage avec un père comme toi ? On ne veut plus vivre, on veut s'enterrer. On a l'estomac qui bouillonne de bile. Tu as de la chance que je pompe tes fluides gastriques dans ton état. Moi j'en ai vomi des litres et je n'avais pas le luxe d'être morte. Ils m'ont rongée. J'ai trente ans et il me manque la moitié des dents.

J'ai subi avec ma sœur ce supplice chaque heure de cette semaine. Les jours ne passaient pas et le programme était toujours le même. Tout tournait autour de tes courses au supermarché où les bouteilles se multipliaient comme notre humiliation de te les voir siroter dans des bruits de succion qui me terrorisent encore. Ça commençait dès le petit déjeuner. Nous prenions un jus de fruits, tu prenais ton rosé. Ma nervosité extrême déformait mon visage. Je n'étais qu'impuissance. Toute réflexion était punie par l'accroissement de ta consommation et, dans cet appartement, je n'avais pas de placard où souffler. Ta pitance était sans pitié.

Pendant ces vacances, la peur nous a tenu compagnie. J'ai dû m'organiser et trouver des bulles de survie. La première était le marché où je suis allée voir une robe bleu marine quotidiennement sans jamais l'acheter et la seconde, mon rendez-vous à dix-sept heures avec la série *Hartley, cœurs à vif*. C'était le moment où tu nous laissais en paix, trop occupé à cuver le soleil et ta piquette de la journée. Ce rendez-vous était vital. Je pouvais le temps d'un épisode m'échapper en Australie, avec mes amis Costa, Anita et Drazic. Loin d'ici, je me remettais à respirer. J'oubliais. Je me suis accrochée à cette bouée comme une dératée.

Mais le quatrième jour des sept jours de ces vacances, tout a dégénéré. Car à dix-sept heures trente, tu as décidé d'aller boire une bière au port. J'avais déjà subi ta cruauté toute la journée et, ce jour-là, tu voulais ressortir, encore, pour te pochetronner en public. Il restait quinze minutes pour terminer ma série et un drame peut se jouer pour une chronologie ratée. J'ai refusé. Je ne t'ai pas dit de nous attendre un instant, j'ai explosé. J'allais crever de quitter ma télé, je n'avais pas assez soufflé, je ne m'étais pas assez échappée de cette foutue réalité. Et j'ai décapsulé. J'ai commencé à hurler. « Je n'éteindrai pas la télé, il n'en est pas question, tu veux ma mort, je m'enchaînerai au poste s'il le faut, tu ne peux pas me faire ça, on a assez supporté tes conneries, tu nous fais chier avec ton rosé, va te bourrer la gueule tout seul sale con, je ne bougerai pas d'ici. » Tout ça dans un cri désarticulé, une rage infinie, et dans des larmes aussi nombreuses et acides que tes sucs aujourd'hui. Je t'ai vu t'approcher, me gifler, éteindre le poste et me soulever pour m'amener dans la cage d'escalier. Je ne pouvais pas, tu comprends ? Je ne pouvais pas supporter que tu me confisques mon seul moment de répit. Je ne pouvais pas supporter de ne pas pouvoir oublier la honte, l'alcool, ta violence, ta méchanceté le temps d'une minuscule heure. Ce n'était pas un caprice. C'était une panique. Je t'ai vu remarquer mon effroi et la haine silencieuse que tu m'as renvoyée m'a confirmé que j'irais au port te regarder boire, encore boire, toujours boire en parlant fort, encore fort, toujours fort.

Nous avons quitté l'immeuble. Il surplombait la mer et nous devions descendre un escalier extérieur pour rejoindre la rue qui nous emmènerait au bar que tu avais repéré. Je t'ai dit : « Je n'en peux plus, je vais craquer. » J'ai senti l'abdication s'emparer de mon corps. Je ne voulais plus me battre, je ne voulais plus jouer. Je voulais seulement arrêter. Tu m'as assassinée du regard et tu m'as poussée avec une violence aussi fugace que débridée. J'ai volé sans un bruit. Horrifiée, je me suis vue tomber au ralenti et tête la première, j'ai dévalé les escaliers. Je n'ai pas ressenti de douleur, j'ai cru que j'étais morte. Et pour une fois, ce n'est pas mon cri qui m'a réveillée mais celui de ma sœur. Je l'entendais, elle pleurait. Je me suis redressée, sonnée par la chute ou ton geste je ne sais plus. En m'appuyant sur ma cheville, j'ai compris que je n'étais pas morte, mais que j'étais blessée. J'ai hurlé. Tu t'es approché, tu m'as soulevée en empoignant mon tee-shirt, tu m'as traînée comme une poupée de tissu jusqu'à l'appartement et tu as dit : « T'es contente sale conne? T'as gagné. »

Tu es parti dans ta chambre. Avec ma sœur, on a pleuré en silence. On a allumé la télé, l'épisode était terminé. Comme mon pied, j'étais brisée. J'ai commencé à boiter. Tu ne t'es pas excusé, tu ne m'as pas soignée et, à partir de ce jour-là, je n'ai plus eu la force de t'aimer, à peine celle de te détester. J'ai commencé à t'ignorer et tu me l'as fait payer.

Te souviens-tu qu'en octobre de cette même année, tu m'as offert le lapin dont je rêvais ? Te souviens-tu que tu t'amusais à l'arracher de mes bras pour l'offrir à la gueule de notre chien ? Te souviens-tu que le chien aboyait, fou de son instinct meurtrier, les crocs sortis comme des pièges prêts à se refermer ? Te souviens-tu de la terreur de mon lapin ? Te souviens-tu de la mienne ? Te souviens-tu que je te suppliais ? Te souviens-tu qu'un jour, tu as lâché le chien et qu'il a tué mon lapin ?

Il y a des peurs qui ne vous quittent pas. Elles se réactivent parfois quand on ne les attend pas. Une part de moi sera toujours ce petit lapin effrayé qui sait qu'un membre de la famille peut vous assassiner.

Je vais devoir te faire crier avant de te faire taire en t'encerclant la mâchoire. Je vais terminer mes soins de conservation en nettoyant l'ensemble de tes voies respiratoires. Avec ma pince incurvée, je passe par la bouche, plaque ta langue et viens ouvrir ta trachée. Avec mon tube d'aspiration, je viens chercher une bronche et je crée un appel d'air. Cet appel d'air qui fait que le mort se retrouve bouche ouverte à émettre un sifflement, un râle, un soupir, un appel à l'aide. Tout dépend de ce que l'on a envie d'entendre. La première fois que j'ai assisté à un soin, j'ai tenu bon jusqu'à ce moment où je suis devenue plus livide que le cadavre devant moi. J'ai cru qu'il était vivant. Bien qu'ayant vu l'intégralité de son sang se vider, après avoir entendu le cœur se faire transpercer, malgré tout… Aujourd'hui, je m'attends à cette plainte artificielle. Mais tous les morts ne sont pas mon père et, si mes mains n'étaient pas prises par mes instruments, je me serais bouché les oreilles jusqu'à faire éclater ma boîte crânienne. Je l'entends et je repense au chant des sirènes. J'aurais pu tels les compagnons d'Ulysse enfiler des boules de cire mais je devais me confronter à ce chant. Me confronter une dernière fois à tes tours de magie, à l'illusion de ta vie. Tu cries mais tu ne cries pas. Je suis tentée de me jeter à corps perdu dans tes bras et mourir de chagrin, mais je ne succombe pas. Je crie seulement avec toi, un peu plus fort, pour couvrir cette illusion auditive. Je désinfecte, c'est fini. C'est vraiment fini. Le plus dur est passé et je suis là, debout, ancrée sur le sol de ce funérarium avec pour seule musique ma respiration saccadée.

Les soins de conservation sont terminés. Je n'en peux plus. Je n'en peux plus et je vais recoudre les deux petites incisions pour tenter de refermer les plaies béantes de mon enfance. Pour ton buste, je choisis la suture base-ball en souvenir de cette balle que tu nous avais rapportée d'Amérique, toi qui n'as jamais quitté la France. Pour ton abdomen, en clin d'œil, une suture en bourse. Car si je pense avoir investi sur ma vie en m'occupant de ton corps, tout n'est que spéculation.

Te conserver est un acte absurde puisque tu es mort. Je n'étais pas certaine de savoir pourquoi je tenais tant à le faire. J'ai mis un terme à ta décomposition physique mais j'aurais très bien pu me contenter d'un maquillage pour l'heure que nous avions à passer ensemble. Alors que j'ai fini, j'y vois pourtant plus clair. Te conserver, c'était aussi pouvoir conserver ces vestiges du passé. Je ne veux pas d'un mémorial de ma souffrance mais je ne veux pas oublier.

On ne ressuscite pas le passé, on ne ressuscite pas un corps. Je n'ai fait que gagner du temps. Un temps nécessaire pour me raconter notre histoire, la réinventer. Elle n'est pas exhaustive, elle n'est pas vérité. Elle est comme ton corps, une image de quelque chose ou quelqu'un qui n'existait déjà plus et n'existera plus jamais. Le passé est un au-delà insaisissable comme celui dans lequel tu te trouves maintenant.

Plutôt que de m'en effrayer, je préfère faire des morts mes nouveaux amis silencieux sur lesquels me reposer pour vivre le plus entièrement, le temps qu'il me sera offert. On peut s'appuyer sur un mort, comme on peut s'appuyer sur des souvenirs en ne les faisant pas totalement disparaître. Car ce qui n'a pas disparu peut être enterré dignement. On ne met pas en terre pour cacher, pour étouffer ou dissimuler mais pour protéger le cadavre des charognards et limiter la propagation des maladies. Alors, laisse-moi, s'il te plaît, déposer dans ton cercueil en même temps que ton corps ce passé que personne ne pourra me voler, tout en me protégeant de la contagion de notre folie. Dans mon esprit s'ouvrira un cimetière où je pourrai décider de me recueillir au lieu de me faire envahir.

Je suis épuisée. Tu ne peux pas savoir comme je suis épuisée. Tu m'as trop demandé. Ma fatigue paraît surnaturelle tellement elle est immense, tellement elle me prend par surprise. C'est une chape de plomb sur mes paupières. Mais je n'ai pas fini et je vais lutter. Je vais lutter une dernière fois pour toi. Après ça, je me reposerai. Je vais baisser les bras. Ne t'imagine pas que je vais me laisser tomber pour autant. Mais j'ai une vie de nage à contre-courant derrière moi. Je vais baisser les bras, faire la planche et me laisser aller là où ça me mènera. Lutter, parfois, ça fait mourir d'épuisement. Dans moins d'une heure, j'espère rentrer chez moi et dormir, non pas d'un sommeil de mort, mais comme un gros bébé.

Je t'ai déjà parlé de tes iris dans lesquels je me noyais quand tu te noyais trop dans l'alcool. Tu étais un bateau ivre mais je me concentrais sur la mer, le bleu de tes yeux qui me sauvait les jours de grande tempête. Même méchante, la mer reste belle, fascinante. On ne peut que se sentir vivant devant elle, qu'elle soit monstrueusement enchanteresse ou effrayante. Cette mer, il va falloir que j'y replonge et ce sera la dernière fois. Cet adieu est féroce, cet adieu me déchire. En te disant au revoir, en fermant tes yeux, je vais fermer ce dernier territoire que nous partagions, et tu seras mort. Mort pour de vrai, mort pour toujours. Mes yeux se brouillent de larmes et je ne vois plus rien. Je suis perdue, je suis sans repère. Pourquoi m'est-il facile de drainer ton sang et tes fluides ? Pourquoi m'est-il si difficile de clore ces deux billes pourtant déjà éteintes ? Écoute les mots qui encore me sauvent. Tes globes. Tes globes constitués d'un liquide aqueux. C'est la terre et l'eau, c'est un monde entier et fermer tes paupières, c'est dire au revoir à un fief que l'on ne reverra plus. C'est un exil sans retour. Même le pays le plus violent nous manque. Parce que c'est le nôtre, celui qui nous a fait naître, et qu'il n'y en aura pas d'autre. Devant ton globe oculaire, qui était ma bouée de secours, je me souviens que son liquide porte le nom fantastique d'humeur aqueuse. Si je devais lire nos états d'âme en lisant nos globes, telle une voyante dans des boules de cristal, alors tu as le vague à l'âme et j'ai l'âme en peine.

Ta mer va s'assécher, très vite, pour ne laisser place qu'à deux trous qui vont creuser ton visage. Je vais donc tricher comme avec tous les autres corps. Je vais placer deux lentilles de plastique enrobées de vaseline. J'ouvre ta première paupière. Ton œil semble écarquillé comme si tu étais surpris d'être mort. Toi qui as tellement survécu. Je pose la lentille. J'ouvre la seconde paupière, une de mes larmes se jette à l'intérieur. Je ne peux plus. Et pour la première fois de ma carrière, je me laisse tomber sur le sol et je pleure. Je pleure de tout mon saoul, je pleure la mer qui meurt et, avec elle, le désert qui arrive. Je pleure comme si je pouvais lutter à la force de ma pluie intérieure. Je pleure jusqu'à épuisement. Je pleure jusqu'à ce que mes propres yeux soient taris. Combien de temps ? Je ne sais pas. Je sais seulement qu'à un moment, j'ai réussi à me relever, à poser cette dernière lentille et à fermer tes paupières. Je sais juste qu'à ce moment-là, nos deux paires d'yeux étaient sèches. Je sais juste que quand j'ai cru en avoir fini, ton œil droit s'est rouvert, que je l'ai refermé et qu'il s'est encore rouvert. Je sais juste que ça arrive parfois et qu'il faut poser une petite pointe de glu et que je l'ai fait. Je sais juste que je suis convaincue que ce n'était pas comme avec les autres morts, et que cet œil récalcitrant ne voulait pas compliquer mon travail mais me faire un clin d'œil, une dernière roublardise. Je l'ai acceptée comme un cadeau. Le cadeau d'un réconfort grâce à ta dernière petite blague.

La première fois que je me suis occupée d'un corps, rien ne m'a choquée si ce n'est ce cri qui m'a prise par surprise. J'étais intéressée, curieuse, attentive, concentrée. On lave les vivants, on les charcute, on les rhabille. Personne ne s'offusque qu'un chirurgien clampe, scie, ponctionne, recouse. Bien sûr, on ne vide pas la totalité du sang d'un vivant, on ne lui transperce pas les intestins. Mais tous ces gestes intrusifs ou de suture ne sont pas étrangers, si tant est que l'on ait vu la série *Urgences*, un documentaire médical ou que l'on ait cette mauvaise et pourtant courante habitude de regarder sur internet comment va se dérouler sa prochaine opération.

Rien ne m'a choquée sauf l'étape qui arrive. Car vient le geste que l'on ne ferait jamais à un vivant. Et là, c'est bien la mort qui vous regarde et qui, la première fois, m'a donné l'impression d'être un assassin. Il va falloir que je te mèche la gorge. Je l'ai déjà fait à l'anus mais un proctologue le fait aussi lorsqu'un patient arrive avec une fistule anale. Je te l'ai déjà fait au nez mais, de la même manière, cette pratique est courante. Ma sœur, par exemple, sujette à des hémorragies nasales à faire tourner de l'œil les plus courageux, subit cet acte régulièrement. Non, ce qui est choquant ou qui l'a été pour moi et l'est toujours un peu, c'est qu'il va falloir que je t'enfonce du coton dans la trachée. Et à chaque fois, aussi stupide et irrationnelle que soit cette pensée, je crains d'étouffer le mort. Dans chaque métier, j'imagine que l'on est confronté à ce genre d'absurdité.

Je pourrais décider de m'épargner ce malaise puisque personne ne viendra te voir. Mais qui peut savoir ? Qui peut savoir si, malgré les certitudes de chacun, aucun d'entre eux ne changera d'avis et ne sentira le besoin vital de venir te dire au revoir ? Ce doute me contraint pour une simple raison. Je vais te mécher la gorge pour éviter des écoulements post mortem. Je t'ai méché l'anus pour éviter des fuites de matières fécales et je vais te mécher la gorge comme j'ai méché ton nez pour éviter des renvois. Bref pour éviter que, mort, tu te présentes aux vivants comme s'ils te cueillaient au matin, après une cuite monumentale dont tu te réveillerais avec un filet de vomi séché au coin de la bouche. Ma rancœur pourrait avoir envie que ça arrive. Tu ne sais pas combien nous avons souffert, mes sœurs et moi, de ton déni mais aussi du déni de tout notre entourage. À les entendre, ton alcoolisme était une invention née de nos cerveaux défectueux. Mais à quoi bon et pour quoi faire ? Tout le monde s'est assez humilié pour que je ne m'humilie aussi avec ce genre de bassesse. Et puis, je dois le faire. Pour toi et pour moi. Pour toi, car la vie ne te fera plus souffrir et que tu n'auras plus jamais besoin de t'anesthésier de la sorte et d'en subir les effets secondaires. Le méchage, c'est acter la fin de la douleur, la fin de ce corps qui semblait tellement pleurer que ça sortait par tous les trous. Plus de vomi et plus de merde dans ton froc. Pour moi, car je dois bien comprendre que tu es mort. Je dois le croire, le ressentir, le vivre. Je prends ma pince, j'enfonce le coton. C'est fait. Il me faut des mouchoirs. Et si ta bouche est colmatée, la mienne gémit, *papa*, comme une damnée.

Il n'y aura plus de gestes intrusifs, seulement du superficiel, de l'esthétique. Ces dernières semaines, tes toxines embuaient ton foie, ton cerveau et le reflet de ton miroir. Tu te vantais d'être aussi beau que Delon. J'avais devant moi un clochard après trente ans de trottoir. Mais papa, c'est si vrai qu'avant tout ça, tu avais cette beauté d'acteur. De celles qui vous font croire qu'ils ont gobé une ampoule allumée pour s'auréoler. Des icônes à qui tu ressemblais, à un détail près. Les comédiens supportent leur vie en jouant celles des autres et y gagnent parfois la folle reconnaissance qui leur manquait. Les gens comme toi ne supportent tellement pas la leur qu'ils la jouent dangereusement et y gagnent souvent le dégoût de leur public fatigué. C'est un abîme dont on sort abîmé. Tu as eu tes moments de gloire. Te regarder, c'était comme aller au cirque et se délecter du spectacle du trapéziste qui se jette dans les airs sans filet. Seulement, cette obligation de penser ta mort en étant témoin de ce numéro dangereusement répétitif est d'une telle violence que l'on commence à fermer les yeux. La lumière s'éteint et dans le noir, l'acrobate tombe. Tu n'étais plus Delon. Tu étais un corps meurtri de tous les côtés. Je pourrais te vêtir des habits que nous avons choisis pour ta dernière représentation et ne m'occuper que de ton visage. En temps normal, je ne fais que camoufler les hématomes à l'aide d'un léger fond de teint. Mais aujourd'hui, mon cadavre exquis, je vais être cet artiste qui restaure, qui remet les couleurs originelles dans ce tableau dégradé. Ce ne sont pas les stigmates de ta mort que je veux dissimuler mais les stigmates de ta vie. Je veux te voir aussi coquet que tu l'imaginais et que tu l'as été.

Je dois d'abord te laver. Pour n'importe qui d'autre, je passerais un gant délicatement humidifié. Pour toi, je vais sortir les grandes eaux. Je dois laver ton sang et ta merde. Tu n'en as pas sur toi, rassure-toi. Je dois laver le sang et la merde que tu nous as fait supporter les dix dernières années.

Quand je suis partie de la maison, à dix-huit ans, tu as aussi pris un appartement de ton côté. Tu vivais seul, et j'ai dû supporter un affront joyeux auquel je n'étais pas préparée. J'avais envisagé ton suicide, ta mort des suites d'un accident, une dépression, mais la solitude ne t'a pas fait plonger. Elle t'a ramené à la surface quelque temps. Tu as arrêté de boire pendant deux ans. J'ai vécu ces années comme un miracle doux-amer. C'était l'espoir de te retrouver comme avant en sachant que plus rien ne serait comme avant. C'était la joie de te redécouvrir sobre mêlée à l'inquiétude constante que tu rechutes. C'était la fierté de te voir lutter avec tant de volonté et la tristesse de ne plus pouvoir mettre de parfum sans te faire souffrir, tant le manque te dévorait. C'était la légèreté de passer chez toi à l'improviste et la lourdeur des silences entre nous, tant tes angoisses qui n'avaient plus d'extincteur te consumaient. C'était la confiance que je te portais et la peur panique de te l'accorder. C'était l'attente de tes excuses qui devenaient pensables et la déception de ne les avoir jamais. C'était la beauté de ton corps qui se réparait mais la noirceur de ton âme qui ne te permettait pas d'en jouir. C'était aussi la vérité toute crue. Tu pouvais être sobre à la seule condition de nous éloigner. J'étais vexée. Comme tu reprenais forme, que tu travaillais, que tu batifolais, je me suis consacrée à mes études, mes boulots d'étudiant, mon premier amour non incestueux. En me permettant de t'oublier un peu, je rattrapais mon temps perdu avec une rage de vie débordante. Mon premier amour est devenu un grand amour avec qui j'ai eu plus tard mon premier enfant. J'avais rencontré sa famille. Une famille où aimer les gens semble une évidence et une générosité innée. Une famille que j'ai fini par avoir du mal à supporter tant elle me renvoyait une béance. L'amour était comme un gâteau trop sucré, un coulis écœurant, de la crème indigeste, un mal de foie assuré. J'étais de celles qui, lorsqu'on les prenait dans les bras, pleuraient à la mort quand on les lâchait. J'étais aussi de celles qui rejetaient ces mêmes bras d'une convulsion furieuse quand on tentait de les reprendre. Il fallait me serrer toute sa vie ou ne jamais me toucher. Mais mon premier amour m'aimait, me serrait très fort et je l'aimais assez pour entendre qu'il m'en voulait de ne pas te le présenter. Je ne lui avais pas dit qui tu étais. Je ne voulais pas qu'il me confonde. J'ai accepté, je t'ai appelé, tu nous as invités à déjeuner. Je m'y suis rendue heureuse comme peut l'être une fille amoureuse de vingt ans, fière et confiante.

J'ai sonné, nous avons monté l'escalier, tu ne nous as pas accueillis à la porte. Nous sommes entrés et, pour la première fois en deux ans, tu étais ivre mort et tu as accueilli mon premier amour non pas les bras ouverts mais en faisant des roulades arrière sur ton canapé. Je suis partie en courant, j'ai fait une crise de tétanie. Une semaine après, ma sœur te retrouvait dans un bain de sang. Tes varices œsophagiennes avaient pété. Mon cœur était brisé, le tien a failli s'arrêter. J'ai coupé les ponts. Je ne t'ai pas vu pendant un an et j'ai souffert le martyre.

J'ai souffert de la honte mais j'ai surtout souffert de la vérité qui s'imposait à moi comme une ennemie invincible. On ne décide pas d'arrêter d'aimer. C'est la vraie cruauté du sentiment amoureux, de l'attachement de l'enfant à son parent. On peut faire appel à la raison et s'éloigner, se protéger, mais le langage du cœur ne se fait pas berner. Tu me maltraitais, tu m'humiliais, tu me dégoûtais, tu foutais en l'air une immense partie de ma vie et pourtant je t'aimais. Je continuais à t'aimer sincèrement. Je me suis détestée. D'être faible, à ta merci, de te considérer comme si important que je n'ai rien pu faire d'autre que de te ramener dans ma vie. J'étais consternée d'aimer un homme aussi laid, aussi grossier, aussi égoïste, aussi méchant. Je cherchais sans cesse une explication à mon comportement. Soit j'étais conne, soit j'étais perverse, soit j'étais folle. Dans tous les cas, je méritais tout le malheur qui m'accablait. Je devenais comme toi.

J'ai bien plus de sympathie pour nous aujourd'hui. Tu n'étais pas le diable, je n'étais pas stupide. Nous étions juste enfermés dans une spirale de souffrance. Tu étais malade et tous tes sévices ne m'étaient pas destinés. J'étais seulement un dommage collatéral de ceux que tu t'imposais et qui te dépassaient tant qu'ils m'explosaient aussi à la gueule. Je n'étais pas stupide. J'étais toute à mon obsession de te sauver, te réparer, te changer pour ne pas perdre mon père et l'espoir d'en être aimée. Nous étions deux dénis impossibles à réunir. Le tien, de croire que tu n'avais pas besoin d'aide. Le mien, de croire que je pouvais t'aider.

Je ne t'en veux pas. Cet espoir, aussi fou que toi, me portait. Il s'est transformé bien des fois en rage, en détresse mais sa flamme m'a autant brûlée que tenue en vie. À certains âges, t'abandonner aurait été m'abandonner aussi.

Ta mort, en cassant définitivement ce fantasme de ta métamorphose, est une brisure salutaire. Ce ne sera jamais un oubli, tu vivras en moi mais je ne vivrai plus pour toi. J'aurai le vide nécessaire pour imaginer ma vie. Tu étais, es et resteras mon seul père, sans être le fil à la patte qui me retenait. Ce lien qui nous a unis commence à mourir avec toi. Il ne disparaît pas, il change. Je me sens comme une prisonnière qui redécouvre le jour, l'air frais, la grandeur du ciel. Je me sens comme après une longue peine devant la porte, dans la peur et la joie d'une nouvelle liberté de mouvement, laissant derrière moi le boulet et la chaîne de la culpabilité qui me clouaient au sol. Alors que tu es mort, je ne suis pas morte avec toi. Je peux voler de mes propres ailes. Ne m'en veux pas s'il te plaît. Accepte ce sacrifice pour apaiser mon esprit en colère. Je ne me réjouis pas de ta mort. Je me console seulement avec cette deuxième naissance qui s'offre à moi.

Souviens-toi… Comme il est absurde que j'en appelle à ta mémoire devant ton corps. Comme il est bon de pouvoir parler de tout sans que tu me broies, me disloques. Souviens-toi…

Les dix dernières années ont été marquées d'une crasse que je ne souhaite à personne. Le sang avait commencé à couler pour ne plus jamais s'arrêter. Tu tombais, tu saignais des gencives, tu grattais tes croûtes, tu ne soignais pas tes escarres. Tu nous imposais ces inondations barbares. Et quand ça n'a plus suffi, tu y as ajouté la merde.

Elle était déjà partout tant je passais mon temps à te ramasser à l'hôpital, à écouter les médecins m'annoncer ta mort certaine dans la nuit, à te voir récupérer finalement et rentrer pour te foutre en l'air de plus en plus férocement. Enceinte de sept mois, j'ai même passé quarante-huit heures sans dormir à te chanter des berceuses pendant que tu faisais un delirium tremens d'une brutalité inouïe. Tu étais attaqué, tu transpirais, ton cœur lâchait. Quand tu t'es réveillé, tu m'as insultée. Et j'en ai ri. La merde était déjà tellement présente que j'étais heureuse de tes insultes comme preuve de ta survie. Mais ça n'a pas suffi et tu en as rajouté. Tu as commencé à déféquer partout et n'importe comment, comme un besoin pressant d'étaler ta chiasse intérieure.

Aujourd'hui, avant de venir, je ne me suis douchée qu'une fois. Hier encore, je prenais deux ou trois bains par jour car aucune eau, aucun savon, aucun gant de crin ne désincrustait ma saleté. Ce n'est pas le fait d'avoir dû m'asseoir sur ton canapé dégueulasse, d'avoir dû mettre les mains dedans, d'avoir nettoyé tes chiottes comme je pouvais, ni même d'avoir vu les murs de ton salon crépis d'un marron puant. Ce qui était insupportable, c'était de retourner dans ma vie toute nette et toute propre en te sachant dans tes excréments. Je me sentais dégueulasse. Comment être une petite-bourgeoise quand son père est clodo ? Comment profiter d'un bon bain et d'une bougie quand l'être aimé se vautre dans la pisse et le whisky ? Même me soigner me paraissait un luxe ostentatoire.

Tu vois cette sensation de tiraillement pénible qui prend aux tripes quand, au restaurant, la monnaie te manque pour l'homme décharné qui te quémande une pièce pour manger. C'est ça la vraie immondice, celle qui colle non pas sur les mains mais sur le cœur. Celle de l'infamie. Au restaurant, l'homme repart et avec lui s'en va la pensée de son existence miséreuse. On se pardonne facilement car nous aimerions en prendre soin mais nous n'avons ni le désir bestial, ni le besoin vital, ni le devoir contraint de le prendre en charge. Avoir un père, ça oblige. Un enfant n'a pas que des droits, il a aussi des devoirs, qu'ils soient moraux ou juridiques. C'est la cruelle loi de l'attachement et de la société. Celle du cœur vous conjure de vous en occuper, celle de l'État vous contraint à payer même si le père vous a frappé, insulté pendant des années. J'ai tellement tenté d'être sans foi ni loi comme tu nous l'avais appris en volant dans les églises. Mais j'ai échoué car je ne suis pas comme toi. Je ne peux pas me résoudre à ne pas prendre soin des autres comme j'aimerais qu'on prenne soin de moi, même si c'est dur, même si c'est ingrat, même si je ne comprends pas toujours.

Je recommence. Je m'invente des histoires. Je veux me donner le beau rôle de ce duel familial. Évidemment que je veux prendre soin mais toi, à cause de mon obsession, je t'ai pris en charge. Je t'ai porté, supporté, j'ai piétiné mes limites et l'intention n'était pas bonne. Tu ne voulais pas te soigner. Et prendre soin d'un malade qui ne veut pas de soin, ce n'est pas prendre soin. C'est batailler. Et batailler, c'est toujours pour soi ou contre soi.

Le problème de ta saleté, c'est qu'elle m'éclaboussait. J'aurais pu la laisser dans ton appartement d'où tu ne sortais plus. Bien sûr, il faut une force surhumaine ou une âme psychopathe pour oublier qu'un membre si proche n'est plus que déshonneur. C'est comme une gastro contagieuse. On se sent nauséeux, on a le bide en vrac. Mais ce n'était pas que ça. Tu envahissais tellement mon esprit que je le ressentais dans le corps. J'avais surtout peur que les autres le sachent. Je me promenais avec cette impression bizarre d'avoir un post-it sur le front sur lequel était inscrit : bouseuse. Nous étions nombreux à te proposer de l'aide. Ton refus systématique aurait dû m'enlever ce poids sur les épaules, cette crasse que je me trimballais. Encore une fois, je m'identifiais, je ne te lâchais pas. J'avais besoin de t'aider pour m'aider moi. Pour me prouver que tout pouvait s'arranger si l'on acceptait d'avoir besoin des autres, moi qui ne me faisais pas aider non plus.

Je te mettais sur un piédestal alors que tu avais perdu tout prestige. Ton alcoolisme et tes frasques étaient pourtant ordinaires, n'avaient rien d'inventif. Ta fièvre de te détruire se nourrissait uniquement de ton mépris, de ta détestation de toi-même. Il faut de la haine de soi pour se sentir à l'aise dans la merde. Il en faut de la haine de soi pour agoniser dans la souffrance, persuadé qu'on ne mérite pas d'assistance. T'aider, tout supporter, ce n'était plus te sauver. C'était regarder en face une infinie violence pour me dégoûter tant que je pourrais, enfin affirmer, me convaincre que personne ne mérite de se détester ainsi. Personne, moi y compris. Ton acharnement à te foutre en l'air et mon acharnement à en être témoin n'a pas sauvé tout le monde. Tu es mort mais, depuis, je suis allée chercher des mains partout où il s'en trouve.

Prendre soin des morts est une manière de faire la paix avec moi-même. Ils ne réactivent pas notre folie. Je ne peux ni les prendre vraiment en charge, ni m'identifier. Et même si je le faisais, alors je deviendrais un silence dans lequel je pourrais enfin me reposer. Si j'avais été infirmière ou aide-soignante, j'aurais été tentée chaque jour d'outrepasser mes fonctions. J'ai, au fond de moi, ce désir de toute-puissance qui se réveille pour chaque vivant qui ne prend pas soin de lui. Ce métier m'a contrainte, puis appris à me laisser aller, à être dans un lien où le contrôle a disparu. Je pose, en entrant dans cette chambre mortuaire, la certitude dangereuse d'avoir le rôle et le pouvoir de deviner, lire l'autre pour lui asséner sa vérité. Je prépare le mort. Je ne suis pas celle qui s'occupe des familles. Je suis l'invisible. En me taisant, en prenant juste soin, pourtant, je les aide. Pour de vrai. Je leur offre les meilleures conditions pour faire leur chemin, leur deuil, leur recueillement sans se soucier des apparences. Devant un corps soigné, je leur laisse une chance de penser aux choses importantes. Ils n'y sont pas obligés.

Je finis de te laver et de laver ce poids, cette poisse qui me collait aux basques comme une sangsue gorgée de sang. Dans l'eau, j'ai versé le reste de ton parfum Hermès et tu ne sens plus la merde. Tu sens les herbes vives. Tu sens comme le chalet quand, après la pluie, la nature semblait nous offrir tout ce qu'elle avait de plus délicieux à sentir. Son odeur primitive. Avant que les circonstances de la vie ne la dissolvent dans un chaos olfactif.

La vie est un chaos, une confusion, un désordre qui laisse ses empreintes sur chacun de nous. Les tiennes ne me paraissent plus si méchantes. Hier encore, je les ressentais dans mon corps. Elles suintaient. Aujourd'hui, ce ne sont que des dessins qui parcourent ta peau, ton cuir que je vais tanner pour lui rendre sa splendeur d'antan.

Laisse-moi huiler délicatement ton visage de cette amande douce qui préserve les tissus. Laisse-moi te raser cette barbe naissante qui ne repoussera plus avec toute la délicatesse du monde pour ne pas arracher ta peau devenue papier de soie. Laisse-moi enlever la crasse qui se cachait encore derrière tes ongles comme pour me narguer. Laisse-moi panser tes croûtes d'un film transparent pour ne plus les laisser couler comme un poison mauvais. C'est terminé.

Je vais te maquiller. Je vais colmater tes plaies, flouter les cicatrices, masquer les hématomes, te redonner des couleurs. J'y passerai la journée, la nuit s'il le faut. Je vais prendre le temps comme l'on prend le temps de cartographier un territoire, de trouver une histoire, les bons mots. Ceux qui en noircissant la page éclaircissent la pensée obscurcie de tant de questions qu'ils finissent par vous offrir une nouvelle page blanche.

Bien sûr, elle me fait peur cette page blanche, comme fait peur tout recommencement. Elle me condamne à une solitude que seule une immense liberté provoque. Mourir, c'est ça aussi. Me laisser, moi la vivante, devant un vide à combler. Peut-être est-ce ça une tombe ? Une fosse que vous devez regarder bien en face avant de trouver le courage d'y jeter la terre où vous reprendrez racine.

Alors quelle fin envisager pour nous deux ? Je suis celle qui reste, je tiens le stylo après t'avoir laissé dicter ma vie. Je vais devoir choisir et c'est une responsabilité. Pas pour toi qui t'en fous maintenant mais pour le futur qui m'attend. Avons-nous vécu une épopée ou une tragédie ?

Je ne te maquille pas pour tricher, ni te travestir ou opérer un de nos tours de passe-passe pour perpétuer le mensonge. J'ai assez fabriqué ma vie pour cacher notre secret. Tu ne me permettais pas d'être moi, seulement cette fille qui fait semblant de maîtriser sa vie alors que tout dégouline. Sous mon joli visage se planquait une mine déconfite.

Je vais te magnifier, un peu, juste un peu. Je ne camouflerai pas tes fêlures pour me convaincre qu'elles n'ont pas existé. Elles sont là et ces marques sont le tracé de ton histoire. Je veux colmater ces crevasses pour que plus jamais elles ne me fassent prendre le risque d'y trébucher à nouveau. Pouvoir marcher le pas assuré. Je ne suis pas comme toi, je me suis fatiguée du goût de la chute.

En parcourant la surface de ton cadavre, je redécouvre ce corps abîmé, celui qui me dégoûtait tant avant de te désinfecter. Celui avec lequel, en prenant soin de lui, je me suis réconciliée. Il n'est pas si terrible mais sa lecture, de ton vivant, ne faisait que l'enlaidir davantage. Je ne voyais plus des blessures mais la défaite d'avoir perdu la pièce de collection que j'idéalisais dans mon musée intime. Cet homme en un seul et unique morceau : celui de ma petite enfance.

Tu étais trop beau, tu étais trop précieux, tu étais trop rare pour que j'accepte que la vie te ballotte, t'endommage, te cogne et te fracasse. Et tu étais trop beau, tu étais trop précieux, tu étais trop rare pour te laisser enfermer dans une vie aussi austère que celle d'un musée. Tu étais trop. Tu étais tout simplement trop. La plupart des gens ne seront jamais assez, trop occupés à étouffer leurs désirs, leurs sentiments, leur passé, mais toi tu étais cet excès de tout qui n'a finalement mené à rien. Ton éclat n'a pas fait éclore la beauté, il a disloqué ton être tout entier. J'ai passé ma vie sur un puzzle impossible dont les pièces ne pouvaient plus se joindre. Ta mort me soulage car meurt avec elle la frustration, cette sœur de la colère qui m'attaquait. Ta mort me soulage car tu ne t'éparpilles plus et je n'ai plus à courir dans tous les sens pour ramasser les morceaux. Je peux être enfin dans la tristesse et le chagrin de t'avoir perdu.

Te maquiller, c'est prendre le temps de réparer chaque brisure, pour arrêter de te juger, de me juger et de me dire « et si ? », comme un refrain entêtant dont je n'arrivais pas à me défaire. Il n'y a plus de regret, il n'y a plus de quête, il n'y a plus rien à sauver. Je n'ai plus qu'à y remettre un peu de beauté. C'est le contraire de la force, c'est l'acceptation de nos fragilités. Tu n'étais pas un dieu, tu étais seulement un père. Je n'étais pas une furie, j'étais seulement ta fille. Je t'ai dit tout à l'heure que nous n'avions pas de langage commun. Je ne le pense plus. Nous avons partagé celui de la sauvagerie. Nous avions prêté ce serment détestable de nous appartenir. Tu aurais dû me laisser partir, quitte à me jeter dehors. J'aurais dû te quitter en acceptant le risque de te laisser à ta déchéance.

Nous aurions dû nous abandonner pour trouver un langage moins violent, un langage qui ne soit pas à la vie à la mort.

Ta mort vient briser ce serment. Je pourrais résister encore à cet abandon que tu m'obliges à vivre. Je pourrais m'enfermer dans une douleur éternelle. Ce serait à nouveau l'excitation, la tension, cette sensation vivace qui pourtant anéantit. Ce serait à nouveau la guerre, ce serait une résistance mortifère. Mais l'agitation n'est pas une vie, c'est un égarement. Il m'aura fallu du temps, mais je vais prendre un risque bien plus grand que celui de me battre, je vais prendre le risque de la résilience. En me séparant de toi, je vais apprendre à me connaître.

Mes pinceaux, mes crèmes et mes palettes vont poser un voile. Je ne porterai pas celui du deuil mais, en ne te laissant pas à nu, je vais remettre la pudeur qui nous a manqué. Tu m'as trop montré, j'ai trop regardé. La vie, en étant trop crue, est devenue un scandale. En te recouvrant, je me protège aussi. Non pas d'une carapace mais d'un tissu léger. Juste de quoi faire passer encore l'ombre et la lumière sans me choper le cancer.

Les monstres n'ont pas à engendrer des monstres. La souffrance n'a pas à engendrer la souffrance. La merde n'a pas à engendrer la merde. C'est un long chemin que de l'accepter, c'est un travail d'y croire vraiment. Je suis aussi un être qui porte en lui une colère primitive, une colère ancienne. Elle m'appartient et ne m'appartient pas. C'est le rythme du cœur de notre famille. Peut-être est-ce parce que tu étais musicien à l'oreille absolue que cette cadence furieuse t'a dévoré tout entier. Peut-être étais-tu possédé, en transe au son des percussions déchaînées. En dansant sur la brutalité de tous nos ancêtres, peut-être as-tu cherché à nous exorciser.

Ça a marché, papa. Tu as chassé les démons. En étant cette incarnation pure de la douleur, tu m'as fait tellement peur que je refuse l'héritage. Je refuse la succession et ses dettes. C'est un arrachement, c'est une douleur intense mais l'amputation est parfois nécessaire pour éviter la gangrène.

Je finis de te rendre quelques couleurs. Tu es beau et tu as l'air apaisé. Je ne me souviens même plus de la dernière fois où je t'ai vu comme ça. Certainement jamais. Laisse-moi pleurer, s'il te plaît. Laisse-moi avoir des poussières dans l'œil. J'ai de la peine pour toi. Mon papa torturé.

Je vais t'habiller. Qui es-tu ? Habiller un mort, c'est se poser cette unique question aux mille réponses. Qui es-tu ? Cet homme chic en costume, ce fou en slip blanc, ce commissaire imaginaire en tenue militaire, ce mécréant en blouson de cuir ? Habiller un mort, c'est se poser ces questions. Qui étais-tu vraiment ? Ou plutôt : à qui avons-nous envie de rendre hommage ?

Je me suis amusée, comme un hommage à nos jeux de toujours, à imaginer ma dernière tenue. Qui suis-je ? C'est un néant qui s'est ouvert. J'ai tellement joué à être autre chose que moi-même quand plus rien n'avait de sens. Cette question m'a glacé le sang. J'ai été obligée de me demander ce que je représentais pour les autres. Une mère aimante, une amie dévouée, une traître, une amoureuse tendre, une employée modèle, une chieuse invétérée. Je suis tout ça et bien d'autres choses. Mais qui suis-je pour moi ? Je n'en ai pas encore la moindre idée. Je sais en revanche ce que j'aimerais être. Heureuse et en sécurité, tout simplement. J'ai fini par choisir un ensemble en cachemire noir. La douceur et ma couleur préférée.

Les vêtements disent tant d'une personne. C'est le reflet d'une personnalité. Il y a les sérieux, les excentriques, les classiques, les audacieux. À chaque fois que je prépare un corps, je regarde, avant de commencer, le paquet d'habits préparés par la famille. Par tradition et usages, j'y découvre régulièrement des vêtements élégants, des uniformes de gradés, des tenues équestres ou des complets de biker invétéré. De plus en plus souvent, des tenues fantastiques comme des tutus, des tee-shirts floqués, parfois même des déguisements. Quel que soit le choix, il est toujours émouvant de sentir l'attention que les proches ont mise à choisir chaque détail de ce dernier costume.

Pour t'habiller, je suis allée avec mes sœurs dans ton appartement. Nous y avons passé un moment merveilleux. Ouvrir tes placards, c'était ouvrir une boîte à souvenirs et, comme tu n'étais plus dans les lieux, le plaisir a jailli. Nous avons tellement ri en sortant un à un les trésors de ta penderie.

C'était à ton image. Désordonné, magique, une surprise de chaque instant. Dans ton foutoir, nous avons trouvé un pantalon de costume, un képi de gendarme, une cravate Dior, un casque de pompier, des caleçons à carreaux, des slips troués, un jean usé, un bomber en cuir, des chemises immaculées, des bottes de cow-boy, un nœud papillon, un bermuda saumon, un bob jaune poussin, un col roulé en laine, un maillot de bain, un blouson d'aviateur, une chapka en fourrure, des espadrilles en cuir, des moufles en daim, des petites socquettes, un autre jogging informe, la veste d'un smoking italien. Rien n'allait avec rien.

Au sol, un vieux carton contenait tes accessoires. Des pin's militaires, ta collection de lunettes de soleil, ton pistolet factice, tes montres prétendument de luxe, un sabre d'époque. Tous ces objets que tu aimais comme seuls les enfants aiment leurs jouets. Tu les regardais avec ton regard malicieux, de celui qui a un pactole caché dans sa chambre. Toutes ces breloques qui parce que tu les as aimées comme tu les as aimées ont effectivement une valeur inestimable.

Et puis, quand nous avons tout vidé, nous avons découvert, au fond de ton armoire, une petite chose que nous n'avions pas vu venir. Il y avait Jésus.

Jésus, ton nounours Jésus. Comment t'étais-tu décidé à l'appeler ainsi, c'est un grand mystère. Qui était Jésus est un mystère aussi. Il y a trop de sources, trop de flous, trop d'inconnues autour de sa vie pour en faire une biographie. Mais de mes années pieuses, j'ai retenu cette phrase de l'Évangile selon saint Luc adressée à Marie dont je porte le nom : « Vois, ton fils qui est là provoquera la chute et le relèvement de beaucoup en Israël. Il sera un signe de division. Et toi-même, ton cœur sera transpercé par une épée. Ainsi seront dévoilées les pensées secrètes d'un grand nombre. »

Comme Jésus, tu étais insaisissable et chaque personne t'ayant connu pourrait écrire son évangile. Comme lui, tu as provoqué ma chute et mon relèvement. Comme lui, tu as porté ta croix. Comme lui, tu m'as divisée, écartelée. Comme lui, tu as fait saigner mon cœur. Comme lui, tu m'as obligée et donné le courage de penser. C'est un cadeau violent mais un cadeau à la hauteur de tes babioles. Un cadeau qui n'a pas de prix.

Aucune apparition mariale n'a bercé ma vie malgré mes transes anxieuses, mais cette apparition de Jésus fait office d'une petite épiphanie.

Il me bouscule en me ramenant à ma foi. Une foi brûlante qui n'est pas offerte à Dieu mais à l'homme, si sauvage soit-il. Cette foi est le moteur de mes amours et amitiés, de mon travail dont peu voudraient, de mon goût immodéré pour les mots. Tous nécessitent d'y croire absolument et tous vous plongent immanquablement dans des moments de doutes terribles. Ce doute n'est pas confortable, pas très clinquant, si ce n'est méprisé. Il demande pourtant le courage immense d'expérimenter le vide. Ce vide que chacun comble de certitudes pour ne pas le souffrir. Alors, après des décennies de guerre, de massacre et de folie partagés, car tu étais persuadé d'être un bon père comme j'étais persuadée d'être une bonne fille, je fais maintenant un choix. Avec Jésus dans les mains, je décide non pas d'avoir eu raison malgré l'état de ton foie qui prouve le contraire, mais de faire de notre histoire ensemble un mystère, une étrangère, une inconnue. Elle ne me condamnera pas à une solitude perpétuelle comme je le craignais. Elle m'offrira au contraire un sujet à penser pour la vie. Laisse-moi seulement croire qu'à la différence de toi, qui étais fou, je sauterai dans cette question sans réponse avec un filet. Ce filet que je tisse comme une araignée tisse sa toile, chaque jour d'une soie fraîche venue du fin fond de mes tripes, pour me protéger. Un fil résistant qui me permet de me jeter dans le vide comme on saute à l'élastique, avec cette assurance de ne pas m'écraser au sol.

Au milieu de ce bordel d'habits éclectiques, il a fallu choisir. Nous avons pris le temps de nous remémorer tous les souvenirs qui s'y rattachaient. Nous avons pleuré un peu, on s'est beaucoup marrées. Nous étions toutes les trois serrées, comme nous le sommes depuis toujours, secouées par des larmes de bonheur et de chagrin.

Tu vas partir dans un patchwork à ton image. Qui es-tu ? Tu es ce mélange improbable. Pour ta classe innée, il y aura la chemise. Pour tes aventures, ton bomber en cuir. Pour ta jeunesse, le jean usé. Pour ta folie, tes santiags de cow-boy. Pour ton éclat, tes Ray-Ban Aviator. Et pour t'accompagner, il y aura Jésus. Moi comme mes sœurs te laissons partir avec lui et nous trois restons ensemble.

Je te prépare et je ris à nouveau. Je n'allais pas te laisser partir sans une partie de rigolade. Sans ce rire qui était notre preuve d'amour. Notre preuve d'amour à la vie. Nous avons ri ensemble, nous avons ri de tes conneries, nous avons ri à tes dépens, nous avons ri pour soulager nos nerfs, nous avons ri parce que la vie est une grande farce.

Les enfants sont éduqués à la prendre au sérieux et c'est à mes yeux un drame plus grand que celui que j'ai vécu. Prendre au sérieux n'est pas sérieux. C'est une tyrannie. C'est une posture qui vous laisse sur le côté de la route. C'est apprendre à travailler, à bien se comporter, à aimer mollement mais surtout à ne jamais réfléchir. C'est dresser la mort, anéantir une peur qui peut être tétanisante si elle est trop présente mais qui est aussi un moteur.

Toi, tu nous as appris à traverser la vie comme un mauvais sort dont il vaut mieux se jouer. Tu nous renvoyais ta mort, tu nous obligeais à penser la nôtre et à garder dans un coin de notre tête cette absurdité qui peut être vécue comme un poids effrayant ou une joie légère. Mais c'était nous dire et nous répéter : qu'avons-nous à perdre quand tout est perdu d'avance ? C'est une leçon magnifique que tu m'as transmise. Jouer, ce n'est pas vouloir toujours gagner. Jouer, c'est aussi prendre du plaisir à perdre. Être joueur, ce n'est pas vouloir aller au casino s'enrichir, c'est aussi partir les poches vides mais le cœur rempli d'une joie simple. Celle d'avoir osé tenter le coup. La vie n'est pas une chose sérieuse, c'est un pari à prendre, une folie à traverser, une anarchie.

J'ai fini papa. Tu es tellement beau. Je regarde ton corps figé comme je regarderais une photo. Te rappelles-tu les heures que nous passions ensemble, dans la salle de bains transformée en chambre noire, à développer des tirages sur du papier glacé ?

Mon travail s'en approche et je l'ai peut-être, inconsciemment, choisi pour encore me rapprocher de toi. Bain révélateur, bain d'arrêt, bain fixateur. Je développe un film en noir et blanc. Il n'y a plus de mouvement, il n'y a plus de couleurs, le film ne sera plus jamais sensible à la lumière mais je ressors avec l'album de notre vie. Comme sur une pellicule, j'ai choisi les négatifs et sûrement que ta planche-contact et ta lecture des clichés n'auraient pas été les mêmes. Mais qu'importe… Me souvenir, c'était forcément devenir un peu l'auteur de ta vie. C'était me laisser la liberté d'écrire notre mythologie, notre fabuleuse légende. Et je ne m'en veux pas car le pire aurait été de perdre avec ta mort une trop grande partie de moi.

En prenant ce pari de prendre soin de toi, je n'ai rien perdu. J'ai gagné quelque chose d'inattendu. Une certitude. Aimer n'est pas un mot qui peut se définir. C'est le mot le plus beau, le plus sacré, le plus humain, mais comme mes sœurs, comme mes enfants, il est indescriptible. Il dépasse l'entendement. Il dépasse la raison. Sa place n'est pas dans un dictionnaire, ou alors il faudrait un dictionnaire uniquement pour lui et pour chaque personne. Je vais me laisser tranquille, arrêter d'en chercher le sens.

Aimer, ça peut être tendre et cruel.

Aimer, ça ne veut pas dire que je te pardonne tout.

Aimer, ça ne veut pas dire que tu étais un bon père.

Aimer, ça ne veut pas dire que tu vas me manquer.

Aimer, ça ne veut pas dire que je ne suis pas soulagée de ne plus me laisser envahir.

Aimer, ça veut juste dire : malgré tout, je suis heureuse d'être à tes côtés. Je n'ai pas à l'expliquer.

Je n'ai pas à me punir. J'ai juste à faire la paix avec ce sentiment pour te laisser partir et tenter d'aimer mieux que tu ne l'as fait.

Je vais devoir te remettre au frigo. Cette absurdité me fait rire. À l'intérieur se trouvent trois autres compagnons qui attendent des soins. Que va devenir mon métier après cette expérience ? Serai-je à la hauteur pour les autres ? Je lis leurs noms étiquetés sur la porte comme une vulgaire marchandise. Il y a Jacky, il y a Madeleine et il y a Pauline. Tous sont bien plus âgés que toi. Je ne sais rien d'eux et, pourtant, je ferai mon travail comme s'ils étaient aussi importants que ma famille. Parfois, je me dis qu'en les côtoyant, je les aurais détestés. Que derrière le prénom de Jacky qui m'inspire un homme drôle et sympathique se cache peut-être un homme violent. Que derrière le prénom de Pauline qui m'inspire une femme douce, en rondeurs, se tapit peut-être une femme sèche et acariâtre. Mais je vais me concentrer sur Madeleine et m'offrir, grâce à elle, un dernier souvenir avant de refermer la porte. Certainement le fait que tu sois sur une table à destination du frigo me ramène à cet instant volé, qui sonne en moi comme un rêve. Nous étions à table, tous les deux. Tu vivais alors à Angers, loin de nous, loin de tous et je venais te rendre visite une fois par an, quand la fête foraine de la ville s'installait à la Toussaint. Nous y passions des heures et le bruit des manèges, la foule, l'excitation générale me permettaient de profiter de toi, sans honte. Ton alcoolisme et ton ivresse étaient noyés dans la fureur collective. Je redoutais seulement le dîner. Seule face à toi, dans le silence assourdissant de ton appartement, l'alcool coulait à flots, puisque boire à table n'avait pas à être dissimulé. C'était normal, c'était l'heure, comme pour tout le monde. Un petit coup en mangeant. Tu m'as demandé de l'aide pour aller chercher des bouteilles dans le frigo, et je hurlais intérieurement car tu faisais encore de moi cette complice contrainte. Devant le frigo, tu as dit « Tu vas voir ». À l'intérieur, ce n'étaient pas des rangées de 8.6 mais des bouteilles de Badoit. Tu ne m'as pas expliqué mais tu souriais et j'ai souri. Jamais je ne t'ai autant aimé. Ce dernier sevrage a duré quatre ans. Il était doux car tu étais heureux. Heureux de ton travail, heureux de tes nouvelles conquêtes, heureux de ton appartement niché au dernier étage d'une jolie résidence. J'ai le souvenir d'avoir respiré quelque temps, d'avoir pu t'oublier parfois. Jusqu'au jour où l'hôpital m'a appelée. Tu étais à nouveau dans le coma, terrassé par un stupide AVC qui t'a fait perdre ton emploi, ton assurance, ton autonomie et ta volonté. Quatre ans qui ont commencé devant un frigo et qui sont un autre souvenir de toi que je veux chérir devant le frigo dans lequel je vais te ranger.

En ouvrant la porte, un courant d'air frais me saisit. Pourtant, à l'heure de quitter ton corps pour toujours, je ressens une fièvre. C'est une agitation, un état passionné. Au fond de moi et malgré le froid de ta peau et de la salle, je sais que ce qui aurait été glacial, c'est de t'ignorer, de ne pas m'occuper de toi. J'ai choisi ce métier en étant convaincue de l'importance de concrétiser la perte par la vision crue de l'être vivant devenu masse de chair complètement morte. Si ce n'est pas traumatique, si un thanatopracteur a pris soin de cette chair, alors, elle est là pour vous dire : c'est fini, ne m'attends pas, tu vas devoir apprendre à vivre autrement. J'ai choisi aussi ce métier sur un pressentiment. Le pressentiment que pour me reconstruire, j'aurais besoin, envie ou la nécessité de prendre soin de ton corps. Il m'était vital de regarder ta mort. Me détourner de ton cadavre aurait été rester l'enfant terrorisée qui serrait les paupières très fort en espérant que tout ça ne soit qu'un cauchemar. Fermer les yeux aurait été me soumettre au noir dans lequel s'engouffrent les chimères mais aussi les monstres. Je serais restée dans notre prison, car je crois que, comme tous les morts, tu serais alors venu taper à ma porte sans la délicatesse du dialogue. Tu m'aurais hantée jusqu'à ce que j'aie le courage de te parler, de me parler. Je te quitte rassurée, le sentiment du travail bien fait. Car aujourd'hui, tu n'es plus là mais ce n'est pas du vide que j'ai dans le cœur. C'est un feu. Il ne brûle pas, il réchauffe.

Laisse-moi profiter de cette chaleur pour t'embrasser. Je nous avais promis ce vrai dernier baiser mais où poser mes lèvres ? Je commence à t'observer en me posant cette question à laquelle je n'avais pas pensé. Tu n'es plus le dieu de mon enfance, ce ne sera pas les pieds. Tu n'es plus le malade dont je m'occupais comme une mère, ce ne sera pas le front. Tu n'es plus cet amour aussi malsain que passionné, ce ne sera pas les lèvres. Tu n'es plus l'homme qui me contraignait au respect, ce ne sera pas les mains. Tu n'es pas, non plus, un inconnu à qui j'offrirais une bise, ce ne sera pas les joues. Je te regarde et je ne sais plus. Je ne sais plus comment t'embrasser. Alors, je pose ma tête sur ta poitrine et comme un nourrisson, comme une amoureuse, comme une amie, comme un animal, comme une femme qui cherche à apaiser son propre cœur, je ferme les yeux sur le tien. Il y a des relâchements plus précieux que des baisers.

Bientôt, un collègue des pompes funèbres viendra te chercher pour te déposer dans ton cercueil, ton dernier plumard. Il est en pin, il sent bon et il est simple comme pour compenser ton trop. Personne ne viendra plus te voir. Il sera fermé lors de ta mise en bière dont le nom me saute maintenant aux yeux et m'arrache un sourire. Après-demain, nous te retrouverons au Mont où tu souhaitais finir ta vie et où tu passeras ta mort. En face de ta tombe, il y aura le chalet, les montagnes que tu aimais, le ciel à perte de vue et, avec toi, il y aura Mimi. Et puis, pour t'accompagner, il y aura le *Lacrimosa*, il y aura Souchon qui chantera à tue-tête que ça fait quinze ans qu'il a dix ans mais que si on le croit pas alors tar' ta gueule à la récré, il y aura des larmes, il y aura des rires. Et tout se passera bien. Si j'en suis si certaine, c'est que pour ta dernière représentation, ta dernière fête, tu es entre de bonnes mains. Celles de tes filles que tu as élevées pour faire de la vie un grand et beau spectacle.

Pour moi, ce sera aussi l'occasion de me séparer de toi, d'accepter que le souvenir que tu laisses à chacun ne me regarde plus. M'éloigner de ton corps me soulagera de l'acharnement à constituer un récit justifiant ton état, ton malheur, notre échec. C'est fini. Un mort est comme un livre. En quittant le monde du réel, il devient des souvenirs, des fragments dans les mains et le cœur des autres. De ma seule obsession, d'un objet, je te laisserai devenir des milliers de sentiments qui voleront, se fracasseront, rebondiront et n'appartiendront plus à personne ou alors à tout le monde. J'imagine que de la même manière, l'écrivain n'enterre pas son histoire en la figeant dans un tombeau de papier. J'imagine qu'il s'offre la possibilité de la disperser en de nombreux éclats autour de lui, pour continuer de la faire vivre sans qu'elle lui colle à la peau. J'imagine t'enterrer avec ce même élan, consolée par l'idée que les morts ont cette force mystérieuse d'être aussi immortels qu'une pensée.

Le mort, dans son informulable absence, vivra, que nous le voulions ou pas. Ce n'est que le langage qui change. De la raison, il ne devient que celui du cœur qui, aussi léger que l'air, prend le dessus à cet instant et pour toujours.

Combien de temps suis-je restée courbée sur ta poitrine ? Quelques secondes, quelques minutes, quelques heures ? Je ne sais pas et cela n'a plus aucune importance. Comme tous les vivants qui perdent un proche, j'entre avec toi dans une autre temporalité. Ta présence sera diffuse. Et j'en suis soulagée. Je n'aurai plus jamais à subir ces minutes interminables où je n'étais que le témoin de ta souffrance. Ces minutes qui me rendaient aussi malade que toi. Ces minutes où ta présence écrasait tellement tout que de fille, je devenais folle. Folle de rage, folle d'inquiétude, folle d'amour mais surtout folle d'impuissance. Ma tête quitte ta poitrine. Je m'en vais.

J'enlève ma blouse, je range mes mallettes dans lesquelles sont stockées les poches de ton sang et de tes fluides gastriques. Je les déposerai tout à l'heure pour qu'elles soient recyclées. Je suis fière de moi. Je suis fière de mon métier, qui n'est pas un travail mais un cadeau, qui, chaque jour, m'oblige à penser la fragilité de nos liens, des autres et de la vie. Cette fragilité qui n'est pas une faiblesse, mais une délicatesse, quelque chose de précieux dont nous oublions souvent la valeur inestimable. Je paierais cher pour pouvoir transmettre la chaleur de ce savoir lors des froids que provoque systématiquement l'évocation de ma fonction. Je devrais peut-être seulement oser répondre que prendre soin de ces corps certes tétanisés, certes en décomposition, ce n'est que s'accorder du temps pour une dernière caresse, une dernière larme, une dernière parole, un dernier baiser, une dernière insulte, un dernier ce qu'on veut. Tous ces mots qui n'ont pas besoin d'être entendus pour être dits, tous ces gestes qui n'ont pas besoin d'être reçus pour exister.

C'est en tout cas sans ton corps que je vais devoir apprendre à vivre avec toi. Oui vivre. Si tu ne me crois pas, penses-y… A-t-on jamais eu besoin de toucher un homme pour en être amoureuse? A-t-on jamais eu besoin de frapper un ennemi pour le détester? A-t-on jamais eu besoin du corps de quelqu'un pour se sentir possédée?

Comme tous les morts, tu passeras me voir par surprise. Je suis curieuse de découvrir quels moments provoqueront nos futures rencontres. Je t'attends tranquillement avec la certitude que je ne me ferai plus envahir.

Tu te rends compte?

Il aura fallu deux vies, il aura fallu une mort, mais je suis prête. Quand tu viendras me voir, je ne serai plus cette enfant à la merci de ta souffrance. Je serai une femme et je serai ton hôte. Je choisirai alors de t'inviter à vivre un peu à mes côtés ou de te laisser sur le pas de ma porte pour t'oublier.

Remerciements

Merci à Horacio, mon premier lecteur.

Merci également à Manon Jouron, thanatopractrice passionnée et passionnante, pour l'amour contagieux de son métier et son accompagnement si tendre et précieux dans la découverte des gestes techniques.

Composition : Soft Office

Achevé d'imprimer en France par Normandie Roto Impression s.a.s.,
à Lonrai le 3 décembre 2025.
N° d'éditeur : 2967 – N° d'édition : 679681
N° d'imprimeur : 2505097
Dépôt légal : janvier 2026
magasin@gallimard.fr

Ton cadavre exquis